COLLECTION FOLIO

André Pieyre de Mandiargues

Tout disparaîtra

Gallimard

André Pieyre de Mandiargues, d'origine languedocienne par son père, normande par sa mère, est né à Paris le 14 mars 1909.

Il entreprend une licence de lettres, puis l'abandonne. Il s'intéresse à la civilisation étrusque, visite l'Europe et l'Orient méditerranéen et commence à écrire, en 1934-1935, les poèmes de *L'Âge de craie* pour lui seul, sans parler à personne de cette activité.

Pendant la guerre, il se retire à Monaco où il publie, en 1943, *Dans les années sordides*. Il rentre à Paris en 1945. Malgré ses affinités avec le groupe surréaliste, il ne participe à ses activités qu'après sa rencontre avec André Breton, en 1947. Passionné de peinture, il écrit des essais sur l'art, ancien et moderne.

Le prix des Critiques lui est décerné en 1951 pour *Soleil des loups*. Le prix Goncourt, en 1967, pour *La Marge*. Poète, romancier, auteur dramatique, essayiste, André Pieyre de Mandiargues occupe dans la littérature contemporaine une place qui ne cesse de grandir.

I

Quatre heures et demie ou, comme il se dit souvent, seize heures trente, le ciel est dégagé, le soleil luit au-dessus de la rue de Richelieu que descend Hugo Arnold, qui vient de quitter son gîte non loin de la Bibliothèque Nationale. Deux pièces mansardées, entre une petite cuisine et une petite salle de bains, sous le toit d'un immeuble qui doit avoir un peu plus d'un siècle, dans la rue Chabanais, et parce qu'il a dû s'arracher à la torpeur de l'agréable sieste et faire un effort pour se lever, Hugo Arnold laisse sa pensée vagabonder à une certaine distance, comme en arrière du trottoir familier où le portent ses pas. Il en est encore au moment où, quelques minutes plus tôt, il est arrivé au bas de l'escalier et où il est sorti dans la rue Chabanais. Une jolie adresse, pense-t-il, qui jusqu'à la fin de la guerre était particulièrement celle de ce que le charmant Larbaud nommait conservatoire ou académie du putanat, une adresse que l'on ne prononçait pas sans un certain sourire, pour montrer que l'on était au courant. Mais de cela rien ne reste aujourd'hui. Dans la mémoire des gens, si vieux qu'ils soient, la Grande Maison n'a pas laissé de traces. Lui-même, qui depuis des années habite cette courte rue, comment se peut-il qu'il ne sache pas où se trouvait exactement l'illustre mauvais lieu, quel était son numéro? Dès son retour, se dit-il, il commencera son enquête à chaque porte, et tant pis s'il fait rire de lui. Avoir, ou n'avoir pas, de la considération chez ses voisins, est chose à laquelle il ne donne aucune importance.

Maintenant il se dirige vers une petite galerie de la rue Guénégaud, où la marchande, un peu brocanteuse, qui la tient, une certaine Nora Nix originaire comme lui de l'Europe centrale, s'est offerte à lui montrer en priorité un lot de robes de Fortuny qu'elle vient d'acquérir. Rare marchandise assurément, dont la beauté des soies colorées à l'époque modern-style qui devraient la composer pourrait, même si des tissus l'état laissait à désirer, être l'objet d'une bonne affaire telle qu'il en faut de temps en temps à Hugo Arnold pour lui donner les moyens de vivre dans une oisiveté relative, en son grenier de la rue Chabanais. Sur le trottoir étroit les piétons sont nombreux et, sans qu'il y ait cohue véritable, il faut avoir quelque attention à ceux qui viennent pour ne pas les heurter. Presque toutes les vitrines sont déjà inscrites dans la tête de Hugo, qui ne sort presque jamais de chez lui sans tourner à gauche d'abord, dans la rue des Petits-Champs, et puis à droite dans la rue de Richelieu, jusqu'à la place du Palais Royal dont le métro le conduira où il doit aller, mais les étalages souvent de nourritures, de beaux fruits, de grandes bouteilles, de confiseries aux friands emballages, sans cesser de lui plaire le renseignent sur sa position, jusqu'à ces vitrines où des armes de chasse, des pistolets automatiques, de muselières, des fouets de cuir lisse ou tressé lui indiquent sans risque d'erreur la fin de la rue, comme des signaux à un navire qui sort du fleuve pour déboucher dans le golfe. Un golfe qui est la place du Palais Royal, dont les arbres devant lui remuent sous un faible vent le jeune vert de leur feuillage de fin mai.

Aujourd'hui, s'est-il dit, Paris est beau, et devant l'entrée du Palais Royal son esprit encore une fois s'égare à l'intérieur, sous les colonnades obscures où si souvent et si longtemps il a déambulé, d'une galerie à l'opposée, sans y faire d'autre rencontre que celle d'un piéton ou d'une piétonne à l'allure inquiète et pressée de quelqu'un qui n'aurait de raison d'être là que le besoin de courir au plus vite d'une extrémité à l'autre de la longue place vide. Le lieu, pourtant, n'est-il pas toujours le décor où des aventurières, plus galantes de n'être vêtues que des hardes non moins luxueuses que légères portées par les femmes au tournant de siècles de l'époque du Directoire, s'exhibaient entre les fûts de pierres et les feuillages du jardin? Ne donne-t-il pas envie de jouer au fantôme dans une nuit telle que celle de la pleine lune du 25 mai qui va commencer quelques heures après le coucher du soleil régnant dans l'actualité? Rencontrer un galant fantôme, fût-il artificiel et joué seulement par une comédienne habile, Hugo Arnold a rêvé souvent de cela et il sait bien que sans hésiter il serait entré dans le jeu. Mais en ce moment sa pensée va et vient du Palais Royal aux robes de Fortuny, et quoique celles-là n'eussent été créées qu'un bon siècle après le superbe égarement du Directoire ce n'est que de l'une d'elles qu'il entendrait couvrir la nudité du fantôme vrai ou feint dont l'imagination l'exalte. Après qu'il les aurait fait réparer, si besoin en était, comme probable, nettoyer, désinfecter peut-être (et pour tous ces travaux il a déjà ses fournisseurs), il soupèserait avec délectation ces longues tuniques de lourdes soieries partout plissées pour mieux mouler le corps en le laissant tout libre, fendues parfois sur la jambe, décorées à la main ou par impression de motifs floraux en teintes exquises, décolletées largement devant et derrière sans autre soutien, quand elles n'ont pas de manches, qu'un mince ruban sur chaque épaule et qui ne se peuvent ni se doivent porter que sur un corps totalement nu. Et c'est avec un certain sourire, dont la seule idée le fait dans la réalité s'égayer, qu'il se voit en train de montrer la robe magnifique à quelque jeune, belle et riche cliente, à laquelle il dirait avec lenteur et respect sa dernière exigence. Là-dessus, sans doute à partir de la robe de Fortuny qui n'a pour lui aucune existence concrète encore, une vitrine, devant laquelle il vient de s'arrêter, lui retourne en mémoire. C'était dans la rue de Richelieu, quelques pas avant l'armurier, celle d'un magasin de vêtements féminins qui dans son espace vide ne présentait qu'une robe de soie noire jetée, comme après arrachement d'un corps, au pied d'un miroir rectangulaire tourné vers la rue, et après qu'il l'eut promené longuement sur la plaisante dépouille son regard était remonté sur le grand miroir et précisément sur le visage qui s'y reflétait, le sien propre, dans le plein éclairage du soleil. Frappé surtout par l'aspect globuleux de ses yeux, qui lui avaient paru plus saillants que d'habitude sous le front dégarni par un début de calvitie, il s'était dit qu'il avait des yeux de poulpe. Les globes très blancs sous la membrane des paupières, les iris d'un brun presque noir, avec des reflets d'or, n'étaient pas en contradiction avec ce jugement sommaire : « il y a presque trois mois, j'ai eu cinquante-trois ans », s'était-il dit en outre, pour s'aider à se retirer du miroir remémoré. Sitôt souhaité, chose faite, il se retrouve libre. En quelques pas alors il traverse la chaussée, va, sous les arbres, jusqu'à la bouche de la station de métro.

A Venise, à Rome, se dit Hugo Arnold, la bouche de la vérité, la célèbre *Bocca della Verità*, était un masque de pierre en forme de tête de lion dans la gueule de laquelle on glissait des dénonciations. Plus innocemment, à Paris, en la bouche d'égout et la bouche de métro, le mot ne désigne que des ouvertures du sol qui accèdent au monde souterrain. L'ancien chemin de fer métropolitain a gardé pourtant quelque chose du mystère qu'il a dû avoir au temps de sa création, il y a quatre-vingt-dix ans, quand à l'extérieur il se signalait par de hauts pois de senteur en bronze dont la fleur était une lanterne rose et dont quelques rares exemplaires ont été conservés, classés par les Beaux-Arts ou achetés à titre de sculptures modern-style par des musées étrangers. Si la plupart de ses usagers s'engouffrent dans ses bouches d'entrée comme dans des escaliers banals, quelques-uns, des femmes surtout, quelques hommes aussi, n'ont pas perdu le sentiment de descendre dans un monde mystérieux au moins, inquiétant peut-être, tout à fait autre, en tout cas, que celui de la surface et du grand air. Sans aucune sorte de crainte, Hugo, quand il allait dans les profondeurs, devenait plus attentif. Volontairement ou non, il ouvrait plus grandes les paupières et les globes de ses yeux se tournaient de tous les côtés comme pour enregistrer les figures de ses voisins, leurs attitudes et leurs gestes, avec bien plus d'acuité qu'en surface. Dans le métro, il avait l'impression d'être moins distrait, sinon de cesser tout à fait de l'être; il perdait le plus gros de sa passivité naturelle et se sentait capable d'assumer un rôle actif, comme en certains de ses songes; avec plaisir, il en riait tout seul, parfois, et sur le quai on le regardait.

Maintenant, il est temps de descendre, et un observateur s'amuserait de le voir tâter du pied la première marche comme un baigneur tâterait la température de la mer avant de s'y jeter, chose que Hugo fait consciemment, d'ailleurs, parce qu'il sait qu'à passer d'un plan horizontal à un oblique descendant il n'est pas très sûr de son équilibre, mais personne, cette fois, ne l'observe. Seul un jeune homme pressé, qui venait derrière lui, l'a bousculé, puis le dépasse et lui dit : « Alors » d'un ton dépourvu de courtoisie. Disparu tout de suite, il n'a pas dérangé Hugo, dont les pieds ont pris le bon mouvement, avec la lenteur qu'il faut pour ne pas retrouver en bas l'individu. Une réflexion qui lui passe dans la tête est qu'à Rome ou à Venise, à l'époque de Fortuny et de Gabriele D'Annunzio, pour un mot et un ton agressifs du même genre, mais prononcés par un homme de ladite « bonne société » seulement, il convenait de s'envoyer des témoins, de se battre en duel à l'épée, au sabre, au pistolet. « Quel ennui! », se dit-il, sans songer qu'il n'eût rien risqué s'il n'avait appartenu à aucune « société », comme c'est son cas dans le présent. Il se dit aussi qu'il est curieux que l'on se mette aussi facilement dans la peau d'un personnage de roman quand on est dans le métro, et pour y prendre un ticket il sort de sa poche intérieure son portefeuielle, attentif à ne pas se le faire voler. Point d'enfants gitans dressés au vol à la tire dans le voisinage, par bonheur; le portefeuille est revenu à sa place, le ticket est introduit dans l'appareil à contrôler, qui fait ce qu'on attendait de lui par l'intermédiaire d'un mécanisme hautement compliqué dont à Hugo Arnold le bon fonctionnement ou les caprices ont toujours paru incompréhensibles. La station, n'est-ce pas, lui est assez familière pour que dans les couloirs décorés d'affiches il n'ait la moindre hésitation sur les chemins à prendre, les marches à monter et à descendre encore, avant d'arriver à ce qu'indiquent aussi de multiples flèches et qui est le quai d'arrêt des trains qui vont dans la direction *Château de Vincennes*. L'un de ceux-là vient de partir, car le quai est en train de se vider. Peu lui importe d'attendre quelques minutes, dans une solitude que de nouveaux venus ne tardent pas à combler. Nul ne le regarde, semble-t-il, et il ne fait attention à personne. L'anonymat est de rigueur dans l'espace souterrain, autant que la non-communication, tout au contraire du bal costumé où la première règle ne sert qu'à entrer en contact avec des inconnus. S'il est tellement sensible au fait d'être observé, ou d'observer quelqu'un, femme (de préférence), ou homme, la cause n'en est-elle pas à cette solitude dans laquelle chez lui il se confine, pense-t-il, avec raison probablement, et pour une fois qu'il est dehors il se dit que si l'occasion de voir quelque chose de singulier se présente il ouvrira là-dessus ses gros yeux de poulpe. Oui.

Un train arrive sur le quai d'en face, qui a déversé des êtres peu distincts qui se hâtent de se dérober à toute observation, puis il repart dans la direction de *Pont de Neuilly*. Ensuite, c'est le sien qui se fait entendre dans les tunnels d'abord, qui montre ses feux, puis qui s'arrête et met des occupants en liberté. Ceux-là se sauvent comme s'ils avaient été victimes en vérité d'un rapt; alors Hugo entre dans le wagon de tête, dont la porte devant lui est ouverte. Il va descendre à la seconde station, *Châtelet*, d'où, en direction de *Porte d'Orléans*, il roulera jusqu'au quai d'*Odéon*, pour y quitter ce qu'à la manière d'un poète de l'âge classique il serait tenté de nommer le souterrain séjour. Remonté à la surface, après avoir traversé le boulevard Saint-Germain, par la rue Mazarine il n'aura pas long à marcher jusqu'à la rue Guénégaud et aux robes de Fortuny que de quelque poussiéreux emballage tireront pour lui les mains de Nora Nix. Quoiqu'il n'y ait pas foule dans le wagon, Hugo reste debout. Sans être très grand, il se juge un peu plus haut que la moyenne, ce qui n'est pas pour lui déplaire. Une station a passé vite, *Louvre*, que l'on ne traverse pas sans sourire de son décor de vestibule de musée. En caractères romains, l'ordonnateur aurait pu y faire graver l'inscription ANDRÉ MALRAUX FECIT... Mais voilà le *Châtelet*. Une station vaste, pleine d'embranchements divers, bien connue de Hugo Arnold qui vient y flâner parfois pour le plaisir de voir de drôles de faces ou de s'adosser longuement à un mur émaillé à l'écoute de *blues* ou de *gaol songs* chantés au point de la meilleure acoustique par un jeune vagabond texan plus haut que lui d'une bonne tête et dont il a une vague connaissance, ne serait-ce que pour n'avoir jamais omis de garnir sa sébile posée à terre.

Dans les couloirs, cette fois, Hugo accélère le pas, descend des marches et se trouve au quai voulu quand le train arrive. En tête encore, la porte devant lui s'ouvre, il entre avec quelques autres et va s'asseoir sur un strapontin, à côté d'une jeune femme vêtue de noir dont il a vu que d'un rapide coup d'œil elle l'avait inspecté quand il allait prendre place. Alors c'est lui qui la regarde, mais elle, non, fini, elle s'est détournée à l'instant où le train repartait pour poser sur ses genoux une sorte de cassette en cuir noir qu'elle avait à ses pieds et qui se révèle, quand elle l'ouvre, être cet objet dont les femmes ne s'encombrent plus guère aujourd'hui et qui hier se nommait en français nécessaire de toilette, *beauty case* en anglais. Dans le miroir biseauté du couvercle, à perte de vue, elle s'observe, alors Hugo se penche pour la regarder de près et lui montrer qu'elle est regardée. Elle n'en semble point gênée, poursuit son examen, ouvre la bouche pour regarder ses dents qui ont une blancheur brillante telle que n'ont au monde que le jeune et le tout neuf, et dans le miroir devant lequel sa tête est parfois renversée Hugo considère avec étonnement la petitesse de son nez assez court, qui dans cette posture insolite évoquerait celui d'une chatte sans poils. Mais dans la boîte à beauté elle a pris un menu cylindre doré dont en tournant la base elle fait surgir un bâtonnet rouge comme le gland d'un sexe de bête, elle l'approche de sa bouche, le passe avec soin sur la lèvre supérieure, puis sur l'inférieure en appuyant davantage sur le milieu de chacune, en ne donnant qu'une touche légère aux extrêmes, sans oublier de rougir aussi la muqueuse intérieure, et quand l'opération lui semble achevée elle la parfait d'un léger frottis des lèvres l'une contre l'autre et d'un leste coup de langue, dont elle s'amuse à teinter la pointe. A soi-même, dans le miroir, elle sourit, si ce n'est au visage de Hugo qui est reflété à côté du sien et qui sourit de compagnie sans cacher combien il fut sensible à une obscénité manifeste qui l'a non point choqué mais charmé. Ce n'est pas tout, cependant, et tandis qu'en la station *Cité* le train entre voilà la femme qui de la boîte tire un petit pot de fard tabac et un pinceau avec lequel elle commence par allonger quelque peu ses sourcils, déjà beaux, puis de l'index, aidé d'un coin de mouchoir, elle assombrit ses paupières l'un après l'autre en contrôlant le résultat de l'œil resté ouvert. Bien, une houppe ramenée de l'inépuisable nécessaire et chargée d'une poudre très claire qu'elle promène sur son visage lui donne une pâleur que Hugo, toujours à l'affût, jugerait peut-être excessive, et dont il hésite à décider si l'expression en est plutôt douloureuse ou plutôt spectrale, c'est-à-dire si elle inspirerait la pitié ou la crainte. Presque serré contre elle, comme il s'est mis, pour ne rien perdre du jeu de la comédienne dans le théâtre du miroir, il a dû recevoir des grains de poudre sur son complet gris foncé, pense-t-il, sans se secouer ni se brosser d'un revers de main, car il y aurait là un semblant de reproche et sa volonté est de garder maintenant le respect des convenances à l'égard d'une femme qui vient de montrer le mépris qu'elle a pour elles.

Le train est reparti vite, car *Cité* est l'une des stations les moins fréquentées de Paris, quoique à l'extérieur l'imposant Palais de Justice et le Tribunal de Commerce soient à côté de sa bouche d'entrée. Au moment où il arrive à *Saint-Michel*, où l'affluence, comme on sait, est bien plus grande, l'impudique voisine de Hugo met le point final à son ouvrage en passant dans sa frange et ses courts cheveux bruns un petit peigne d'écaille qui les fait agréablement bouffer. Par contraste, ses yeux on pris un bleu qui n'est pas le clair bleu que l'on voit communément mais un azur violent et foncé comme celui du ciel méridional ou des plus éclatants saphirs. La regardant, il se dit qu'elle a cessé d'être une inconnue pour lui depuis qu'elle a eu l'audace de faire sa toilette sous son nez, devant tous les autres voyageurs, dont aucun ne semble s'être intéressé à son inconduite. Qu'il ne sache ni son nom ni la moindre des choses qui la concernent est sans importance. Par la vertu d'un scandale qui, grâce à lui seul, n'a pas été une action perdue, elle est sortie de l'anonymat... Or, à l'instant même de cette réflexion c'est elle, la belle scandaleuse, qui secoue sur lui la poudre tombée sur son vêtement, une robe demi-longue en jersey noir assez gros, qui s'ouvre sur le devant par des boutons ovales en jais massif, qui est fendue sur la cuisse qu'en position assise elle laisse entrevoir, qui est largement décolletée avec d'étroites épaulettes qui suivent les grands mouvements du corps en glissant sur un avant-bras ou sur l'autre et en révélant ainsi la nudité des épaules non moins que, sous l'étoffe, celle des seins, en l'absence de tout soutien perceptible. Soyeux est le jersey, la main de l'homme, pourtant immobile, mais posée assez près pour être frôlée, passif de frôler, a pu le constater quand sur son strapontan se démenait la femme comme si dans le miroir elle poursuivait le masque idéal de son visage.

Malgré sa distraction, dont il connaît la malignité, Hugo Arnold avait gardé en mémoire le but premier de sa course et il n'avait pas été inattentif à la station *Odéon* lorsqu'elle était sortie du tunnel et que le train s'y était arrêté, laissant descendre beaucoup de voyageurs. Il avait été sur le point de se lever, puis quelque chose l'avait retenu, dont il avait été parfaitement conscient sans rien savoir des raisons véritables de cette chose-là. Maintenant, il est trop tard, les portes se sont refermées, le train est rentré dans le tunnel, chaque tour de roue l'éloigne un peu de la rue Guénégaud et des robes de Fortuny, qu'il ne regrette nullement, satisfait au contraire du nouveau mécanisme par lequel il se laisse entraîner. Tout à coup ce à quoi il s'attendait le moins se produit et son intrigante voisine, celle qu'il ne regardait plus qu'à peine tant elle lui était devenue familière mais dont la jambe entrait en contact avec la sienne chaque fois qu'une courbe de la voie en fournissait l'excuse, s'est levée brusquement après avoir refermé son petit nécessaire et s'est rapprochée de la porte. Va-t-elle se retourner? Oui. Alors il la regarde et elle soutient son regard, froidement, jusqu'à ce que le train ralentisse aux abords de *Saint-Germain-des-Prés*, prochaine station. Dès que de nouveau la femme se détourne, Hugo se lève avec un air de résolution sous lequel il n'y a qu'incertitude, va vers elle, qu'il pourrait toucher, prendre par le bras, au moment que le train s'arrête dans la vive lumière revenue et que les portes s'ouvrent. Elle s'est écartée pour laisser passer des filles pressées, inséparables au point que l'on ne sait si elles sont quatre ou cinq, qui se perdent de vue, et elle a mis la main allongée sur le montant de la portière coulissante, puis, sans précipitation, elle s'apprête à sortir. Alors Hugo, sans trop s'apercevoir de ce qu'il fait, pose sur cette main ses lèvres, qui remontent vers le poignet; mais une sorte de corne de berger a résonné, les portières sortent de leurs alvéoles et la femme saute sur le quai lestement, avant qu'elles n'aient claqué l'une contre l'autre en se refermant. Pour les en empêcher, vain aura été l'effort de Hugo, dont le visage est collé à la vitre. Le train est reparti. Pas assez vite pour qu'il ne puisse voir que celle dont il fut brutalement séparé n'a pas suivi le courant de tous ceux qui sortaient, mais qu'elle s'est assise en face, sur un siège d'émail blanc, sous une affiche où il a le temps de lire encore une inscription en très gros caractères : TOUT DOIT DISPARAÎTRE.

Dans le tunnel où le train court, les pensées qui se forment en lui semblent sortir de la noire paroi de loin en loin éclairée par une lampe, elles brûlent un moment dans sa tête, le ramènent au rendez-vous qu'il a pris avec Madame Nix pour examiner, manier, marchander des robes de soie, légers voiles parmi les plus luxueux que l'on ait jamais faits pour envelopper, puis découvrir des corps de femmes. Et ne serait-ce pas lâcheté autant que vilenie, de la part d'un homme qui s'est pris pour fier et fort, de se dérober à une espèce de prostitution présentée avec tant de grâce? De la station, qui maintenant à la vitesse du train se rapproche, au salon d'exposition de la rue Guénégaud, depuis la place où la majestueuse église de Servandoni abrite les anges un peu féminins de Delacroix, par les petites rues des Cannettes, des Ciseaux, de l'Echaudé sitôt traversé l'encombré boulevard Saint-Germain, par la rue Jacques-Callot ensuite, la distance n'est-elle pas à peine plus longue qu'à partir du métro *Odéon* où une force étrange et inconnue l'avait empêché de descendre. Un plaisant parcours dont il pourrait se rappeler que c'était, de jour et de nuit, à quelque variante près, la promenade quotidienne du peintre Filippo de Pisis. Et pourtant, non, le parcours et la pensée se dissipent comme fumées qu'il rejette, bien décidé qu'il est à se diriger avec un espoir bizarre vers un siège de station de métro que, selon toute probabilité, il va trouver vide.

Bref semble à Hugo le trajet d'à présent, quoique en vérité, s'il remontait au jour, il se trouverait rue de Rennes plutôt que sur la place Saint-Sulpice dont le nom va s'inscrire au mur de la station qu'annonce le ralenti, mais sa résolution, qui n'est pas une simple affaire de volonté, est prise, et dès qu'aux lumières le train s'arrête il a empoigné la poignée de la porte comme pour l'aider à s'ouvrir quelques secondes plus tôt. Illusion, soit, mais les portières ont coulissé. En bousculant quelqu'un qu'il n'a pas vu devant lui et qui dit quelque chose qu'il n'a pas eu envie de comprendre, il s'est rué dans le couloir de « sortie » avec le ferme propos de ne sortir point, il monte quelques marches, passe au-dessus des voies, méprise l'escalier mécanique qui porterait au-dehors, saute par-dessus une barre de contrôle à gauche, redescend de ce côté, se précipite également dans le court passage par où de la direction opposée l'on sort et se trouve sur un quai garni de sièges rouges au moment où arrive le train qui va repartir dans la direction d'où il est venu, celle dont il n'ose se dire que c'est le sens de l'espoir puisqu'il ne sait vers quoi le pousse son désir.

S'ouvrent les portières et il convient de se hâter, car il n'y a pas plus de trois personnes en attente. Il entre donc dans le wagon de queue, qui s'est arrêté devant lui, reste debout, naturellement, la main sur l'une des poignées de portes; s'il a des voisins, il ne sait, n'en veut rien savoir; la corne de départ a dû se faire entendre sans qu'il y ait prêté attention, et tout va vite, trop vite pour qu'il veuille ou puisse faire la moindre observation. En allait-il de même dans la charrette qui de la prison à l'échafaud menait au grand Samson foison d'aristocrates et de dames et demoiselles aux beaux cous allongés par la préalable coupe des cheveux? La chose, qui pour quelques-uns n'est pas impossible, ne se présente pas à l'esprit de Hugo et, déjà, la tête du train est entrée dans la station *Saint-Germain-des-Prés* où sur le quai s'allongent ces rangées de sièges blancs sur base bistre qui dans le moment accaparent tout son intérêt. Il est descendu, préparé à la déception probable qui l'attend lorsque le train reparti aura cessé de lui cacher le quai d'en face et à laquelle il est résigné de plus en plus. La corne (il l'a bien entendu, cette fois) remet en marche ce qui dans le tunnel va s'effacer et derrière le dernier wagon le quai réapparaît. Vers la sortie, qui est près du centre, vont des passagers, point assez nombreux pour qu'on ne puisse voir que dans l'un des sièges blancs de par là se trouve assise une forme noire, dont quelques pas suffisent à Hugo pour s'approcher jusqu'en face. C'est bien sa voisine de wagon, l'impudique inconnue, dont tout en s'efforçant de la rejoindre il aurait gagé qu'elle était à jamais perdue pour lui, et elle suit de la tête son mouvement comme un chat aux aguets d'une chose qui pourrait être une proie si elle venait à sa portée. Bizarrement, son impression n'est pas tant de bonheur que d'étonnement non dépourvu d'inquiétude, sa pensée détestable est qu'il aurait été plus simple que pendant sa course aller et retour vers le point de leur séparation elle eût disparu, ne fût plus qu'un amusant souvenir. Pourquoi, d'ailleurs, se priverait-on d'une pensée détestable qui ne peut vous donner que de la satisfaction à vous être trompé ou à avoir eu raison?

Ainsi cogitant, il s'assied sur un siège pareillement blanc, point inconfortable malgré son inflexible dureté, strictement devant elle, qui le regarde avec une attention sans défaillance. Annoncé par le bruit, cependant, un train entre en gare devant le quai où elle sied et la cache. Si elle voulait, se dit Hugo, rien ne saurait l'empêcher d'y monter et de lui échapper; chose assez peu probable puisqu'elle est descendue dans cette station privée de correspondance avec l'apparente intention de sortir dans le quartier de Saint-Germain-des-Prés, chose qui ne se peut exclure des possibilités. Le train repart. Comme de toutes ses forces il s'y attendait, conscient qu'en la plupart des langues latines attendre est synonyme d'espérer, elle est là, dans la même pose, et en le regardant elle sourit franchement de ses jolies dents entre ses lèvres peintes, à faire croire qu'elle aurait deviné sa pensée inquiète. Le silence entre eux se prolonge, s'affermit comme un ciment qui prend. Ne serait-ce que pour le rompre encore à temps, il va falloir parler.

– Madame, dit Hugo, je ne suis pas sûr que le droit à la parole m'appartienne. La rive où je suis et la vôtre sont séparées par un infranchissable et double courant électrique, mais nous nous regardons, à ce qu'il paraît.

– N'est-ce pas vous qui me regardez, Seigneur, répond-elle, depuis le début de mon jeu de faire mon visage devant vous dans le métro? Du théâtre muet, mais ici la courbure du plafond souterrain semble avoir été dessinée exprès pour porter la voix, et la communication entre l'acteur et le spectateur est assurée bien mieux que dans la plupart des salles de Paris. Je m'y connais un peu.

– Seriez-vous comédienne? dit Hugo.

– Une petite théâtreuse toujours en demichômage, dit-elle. Je finis par m'y habituer. Se pourrait-il que vous sachiez qui a dit que si par un côté la comédienne touche à la courtisane, par l'autre elle confine au poète?

– Pas plus que vous, Madame, dit-il, je n'aurai la cuistrerie de prononcer le nom sacré du poète que nous préférons entre tous, celui dont les images illuminent nos ténèbres. Jusqu'ici je n'ai été que votre spectateur au Grand Théâtre du Métro parisien. Si je suis un homme qui n'a d'ambition que de jouer la comédie avec vous, peut-être aurez-vous la bonté de m'y aider. Ce n'est pas la charité que je demande. Mon nom est Hugo Arnold.

– Le mien, dit-elle, est Miriam Gwen. Nous n'aurons pas besoin d'affiche ni d'aboyeur, et si, comme maintenant, personne ne nous regarde ni ne prête attention à nos mots alternés, ce sera tant mieux, n'est-ce pas, ou tant pis, ce qui est exactement la même chose.

– Vous prononcez d'avance, Madame, dit Hugo, ce qui en moi était amorphe. Permettez-moi d'avouer que vous m'étonnez, car je croyais que toute comédienne était avide de publicité comme de chair la panthère ou le requin, je pensais que le sang nécessaire à son corps n'était qu'une essence de publicité...

– Vous ne pensiez pas faussement, Seigneur, dit-elle en l'interrompant, au moins pour certaines des plus glorieuses, qui la recherchent avec furie, mais rappelez-vous la phrase qui nous a mis d'accord et n'oubliez pas que le vrai poète hait de toutes ses forces la publicité, tandis que la courtisane digne d'être ainsi nommée la craint et se cache d'elle. C'est à l'ombre que s'ouvre la fille publique, comme une odorante fleur de désert que vous devriez connaître.

Coupant la parole à Hugo, qui allait interroger Miriam sur le sujet de la fleur étrange, un train sort du tunnel du côté de la comédienne, sépare les causeurs qui confiaient leurs propos à l'acoustique de la voûte. Souffrance, douleur véritable, voilà ce qu'il ressent, lui, à cette rupture infâme, répétée toutes les trois ou quatre minutes de ce qu'il y a peut-être de plus splendide et de plus haut dans la vie et qui est cette sorte de lente confession mutuelle par où progresse et se développe jusqu'aux dimensions de l'immense la première rencontre capitale entre une femme et un homme. Il s'est tu, attendant que s'en aille le rideau de ferraille et de vitre, ce qui ne tarde guère. Elle n'a pas remué de sa place, une jambe nue croisée sur l'autre, et le vernis nacré des ongles de ses orteils, que montrent des sandales de serpent noir, répond brillamment à celui, tout pareil, des ongles de ses doigts, mais si elle continue à regarder l'individu assis sur l'autre rive avec cette fixité sombre qui dès le premier moment l'avait captivé, elle n'est indemne pas plus que lui, à ce qu'il semble, du brutal coup de lame assené au travers de leur ascendante harmonie. Alors, pour essayer de rétablir le dialogue, Hugo passe à un autre sujet sur lequel il voulait questionner la femme :

– Est-ce vous, Madame, qui aviez choisi pour vous asseoir, sinon pour m'attendre, un fauteuil au-dessus duquel se détachent en let-

rapportant des nourritures de luxe. A la fin de ma quinzième année, pendant une de ces absences, j'ai quitté la maison et la ville où résonnaient longuement des sirènes de navires.

– Vous viviez dans un port de mer, dit Hugo, constatant plutôt qu'interrogeant.

– Dans l'un ou dans un autre, suivant la volonté de ma mère qui ressemblait un peu à un goéland et qui avait besoin de l'atmosphère marine. J'ai oublié volontairement les noms de ces villes et je ne me souviens que des briques rouges, qui étaient partout les mêmes dans les quartiers où nous logions, dit Miriam au moment qu'un train, mais du côté de Hugo, pénètre avec son fracas habituel, stoppe, met fin au dialogue.

– Tu revois quelquefois ta mère, tu as des nouvelles d'elle? demande-t-il dès le démarrage de l'obstacle et son engloutissement dans le tunnel, car il voudrait poursuivre ce qui est en bonne marche, récolter des informations encore, et il a mis à profit le court arrêt pour préparer la question qu'il vient de lancer comme une flèche au-dessus des voies.

– Elle ne m'écrit jamais; je fais de même, répond Miriam. Nos entrevues sont de plus en plus rares et depuis la dernière une année au moins a passé. Si j'avais de l'argent, ou si elle en avait, tout serait différent à ce que j'imagine.

– La plus pauvre rechercherait la plus riche, dit Hugo qui tout de suite voudrait retirer ce qu'il a prononcé.

Trop tard.

– Pensez de moi tout ce que vous voudrez, dit la femme. Je ne crains pas d'être méprisée. S'il vous reste un peu de courtoisie, cependant, ne pourriez-vous traverser le courant double qui sépare si péniblement votre rive de la mienne et venir sur le quai où je suis. Vous n'aurez que le pont à passer, et rien ne me permettrait de m'échapper, si m'en venait l'idée, pendant que je ne serai plus sous votre regard, puisqu'à *Saint-Germain-des-Prés* l'entrée coïncide avec la sortie et que je ne pourrais fuir sans vous croiser. Plutôt que d'user d'un ticket, vous franchirez la barre par-dessus ou par-dessous. J'ai envie de vous voir sauter ou ramper, et vous avez fait mieux tout à l'heure, quand vous couriez après moi!

Le pont, oui, c'est le passage supérieur, Hugo Arnold l'avait oublié, tellement l'avaient requis les mots qui entre elle et lui s'échangeaient, et il peine à s'en détacher comme à quitter le siège dur où il s'était trouvé auditeur, spectateur et acteur en face de la théâtreuse. Mais il est un temps pour tout; celui du spectacle est fini; donc il se lève, s'accroupit, se relève, autant pour amuser celle qui est à peine sa partenaire que pour dégourdir ses muscles, puis, sans la regarder davantage, part comme un lièvre vers la sortie. Quelques marches à monter, après quoi il débouche au bas de l'escalier qui conduit au grand air et qui ne mérite pas un coup d'œil, quoique par là divaguent deux ou trois filles plus jeunes, plus banales, assurément moins capricieuses que Miriam; quelques pas dans le couloir et puis autant de marches à descendre avant de rencontrer les machines contrôleuses de la direction *Clignancourt*. Assez loin, comme elle est, le verra-t-elle mesurer la hauteur de la barre et l'espace inférieur? C'est par-dessus qu'il fera plus vite, sans aucun doute, et s'il ne saute pas l'objet rébarbatif c'est parce qu'il est un peu haut, tout de même, et qu'à l'enjamber en s'appuyant des deux mains sur le métal l'opération est plus discrète. Nul n'a fait attention à son exploit, deux ou trois usagers, seuls, attendent sur ce quai qui pour lui est le « côté de Miriam », mais celle-là est restée assise où elle était et son sourire, quand il vient se mettre à son côté, lui paraît n'avoir en rien changé, comme s'il faisait partie du maquillage par l'effet duquel tout avait commencé. A tel point que la triste expression de « sourire professionnel » eût été de mise, pense-t-il, en renfonçant au bas de lui-même sa mauvaise pensée. Encore une fois, c'est à lui de commencer le dialogue, mais il lui manque l'assurance qu'il avait sur l'autre bord.

– Miriam, dit-il, maladroitement presque, je suis là.

– Vous y êtes, Seigneur, soyez-en sûr, et vous êtes assis à côté de moi peu différemment que vous ne l'étiez dans le wagon il y a une vingtaine de minutes, dit-elle. Seule nouveauté dans la situation est que nos sièges sont rivés ici à un plan stable et fixe, au bord des voies électrifiées où ne cessent de rouler, de venir, de s'arrêter, de repartir des trains de ces boîtes longues dites de transport en commun dans l'une desquelles nous voisinâmes...

– Un strapontin était libre à côté d'une belle frange brune, de deux beaux yeux très bleus, d'une belle robe noire... Je m'y étais assis, dit l'homme.

– Et vous regardiez à chaque station les grandes affiches pendant que votre voisine faisait comme si elle était à sa table de toilette, dit Miriam.

– Devant le petit mais excellent miroir que vous avez dans votre nécessaire, dit-il.

– Ah! Seigneur, vous avez remarqué le nécessaire, dit-elle... C'est l'un des rares objets qui me soient venus de ma mère irlandaise, qui se fournissait dans de bons magasins anglais, malgré sa détestation de l'Union Jack. Son caractère était tout de contradictions.

– Et le vôtre, Madame, demande Hugo, en lui prenant une main pour la porter à ses lèvres et voir de tout près ses longs ongles, qu'elle lui abandonne sans difficulté, ce qui l'embarrasse un peu; comment est-il fait?

– D'oppositions aussi, plus violemment peut-être et plus systématiquement que chez elle. J'aime qu'il y ait du luxe dans ma pauvreté, dit Miriam, sans retirer sa jambe nue qui sort de la soie noire en exhibant un mollet, un genou bien rond, un début de cuisse mince et musclée, plus soyeux que leur enveloppe de précieux tissu contre laquelle ils se détachent comme du bronze éclairé la nuit.

Sa tête oscille à droite et à gauche un peu, tandis que celle de Hugo demeure penchée légèrement vers elle mais immobile, tandis que fermes restent sa jambe et son pied qui ressentent l'agréable contact de ceux de la jeune femme. Un parfum où il discerne du musc et du jasmin, sous un fonds de mille fleurs, monte vers lui comme s'il sortait des ouvertures de la robe. Profitant d'un arrêt de train dont le bruit l'a poussée à rapprocher son visage pour mieux entendre et se faire entendre, il se rapproche aussi, lui parle presque à l'oreille...

– Savez-vous Miriam, dit-il, qu'il n'y a pas

que du genre humain dans ce réseau de voies souterraines où nous avons eu l'aventure de nous rencontrer et qui s'étend partout dans les dessous de l'agglomération de la ville et des banlieues. Des bêtes de toutes sortes ont élu domicile dans des galeries sans issue, des espaces qui avaient servi aux travaux de constructions des voies et qui n'ont pas été rebouchés, par négligence ou intentionnellement, après qu'ils avaient perdu leur utilité officielle. Je ne parle pas seulement des rats, dont, comme tout le monde, vous connaissez l'existence, et que l'on entreprend périodiquement de détruire, sans obtenir jamais qu'un succès relatif, car ils ne manquent pas de refuges et savent passer des égouts au métro et réciproquement... Les chiens et les chats perdus, soit au désespoir de leurs propriétaires, soit par la volonté de ceux-là de s'en débarrasser en leur laissant une chance de survie, ressortent longtemps après de l'obscur avec une agressivité qui fait d'eux des dangers publics. Du grand python boa, instrument de travail et compagnon des danseuses, moins endormi qu'il ne semble, à des couleuvres et même à des vipères lâchées un soir de fête par de jeunes adeptes de l'humour terroriste, les reptiles ne manquent pas au recensement. Entre la clôture du réseau, une heure après minuit à peu près, et son ouverture au début du jour tout ce petit monde renouvelé sans cesse sort de ses abris, règne sauvagement dans son domaine souterrain qui pour le commun des hommes devrait être sans vie.

– Si vous parlez pour m'effrayer, Seigneur, dit la femme, je vous répondrai que c'est peine perdue. Je me suis toujours sentie chez moi dans le chemin de fer souterrain, et je ne crains les rats pas plus que les serpents, que je préfère aux premiers pour la simple raison qu'ils sont beaux et que certains sont dangereux. Deux qualités qui ne manquent pas aux fauves humains, leurs voisins, qui en quelques nuits dont longtemps à l'avance ils étaient convenus se laissent enfermer dans le métro inerte pour des combats entre bandes rivales, des cérémonies, des fêtes curieuses qui mériteraient d'être mieux connus.

Elle se tait, s'immobilise comme par une coupure de courant. D'abord il l'imite, puis sa main, dont en parlant il était conscient qu'elle effleurait presque la nudité de la belle jambe, la touche franchement, monte au genou et en caresse la rondeur sans provoquer aucune réaction, aucun retrait, aucun reproche. Alors, sans se retirer, il reprend la parole, avec plus de douceur, et de lenteur, et de prudence, car son esprit, lui semble-t-il, est en train de descendre de sa tête à sa main.

– Miriam, dit-il, le monde souterrain n'a

plus beaucoup de secrets pour vous, à ce qu'il paraît... Je voulais attirer votre attention sur une autre partie de la faune que l'on s'étonne de voir hanter ces espaces profonds et qui est celle des créatures de l'air : les insectes volants, d'abord, qui ont colonisé l'intérieur des tunnels, et puis, attirés sans doute par ceux-là qui font leur pâture habituelle, des oiseaux divers entrés par les ouvertures d'aération aux points où elles n'ont plus ou pas de grillage ou bien par les très larges bouches où les voies sortent du sol et puis redescendent au-dessous de sa surface. Des oiseaux de nuit, hiboux, chouettes, gourmands de rats et doués d'une bonne vision à l'obscur, ne sont pas rares, et quand tout s'est tu j'imagine que leurs cris de loin reconnaissables doivent se faire entendre dans le labyrinthe des galeries et des tunnels.

– Je ne craindrai pas non plus d'entendre cela, dit Miriam, avec un accent de bonheur qui réjouit Hugo.

– Il y a plus, lui dit-il, en assurant d'une caresse la prise de sa main. Depuis peu, m'a-t-on assuré, une colonie de petits corbeaux, des choucas à la nuque grise sur leurs ailes noires, sont sortis des nœuds souterrains du métro *Bastille* où ils avaient dû se développer à partir d'œufs pondus par une femelle égarée qui aurait trouvé refuge dans un ensemble souterrain parmi les plus vieux, les plus enchevêtrés et les moins clos de Paris.

– Des corbeaux sortis du métro, des oiseaux noirs... dit-elle, rêveuse.

– Gris et noirs, oui, dit Hugo. L'intéressant est qu'ils se soient établis dans les tilleuls, assez touffus maintenant, que l'on a plantés sur la place des Vosges en remplacement des grands ormes, morts ou mourants comme leurs congénères de tout le pays.

– Remplacement qui dès aujourd'hui et demain davantage rajeunira la place Royale en lui donnant un je-ne-sais-quoi de romantique allemand. Mais vos choucas? dit-elle.

– L'intéressant, belle dame, répète Hugo, est que les mâles de ces corneilles, excités par le printemps, violent sans trêve ni repos les pigeonnes et que des pontes consécutives viennent au jour d'étranges bâtards que l'on voit tituber autour de la médiocre statue de Louis XIII.

– Se peut-il, demande Miriam, que les colombes de la place Royale soient ainsi violées? Et comment le supportent-elles?

– Avec indulgence, Madame, à ce qu'il semble, dit Hugo.

– Si vous dites vrai, Seigneur, prononce Miriam, ces oiseaux aux couleurs de la nuit sont bien audacieux. Violer des colombes est un acte dont il est malaisé de savoir s'il plairait ou déplairait à Vénus.

– La violence de Mars ne fut point désagréable à Vénus, selon ce qu'en rapporte la tradition...

Ce disant, la main de Hugo s'est hasardée plus haut sur la cuisse de Miriam dont les jambes restent largement ouvertes comme si elle ne voulait s'apercevoir de rien, et son visage s'approche de la tête de sa voisine, qui s'est renversée un peu en arrière. Surprise, alors, soudaine surprise qui d'abord le fait reculer pour mieux distinguer ce dont il douterait et qui est un mince collier de petites turquoises taillées en menus cubes d'un bleu intense et pur qui joue dans l'échancrure du décolleté, si court collier qu'on le pourrait prendre pour un tour de cou pas trop étroit et qu'il rentre, lui aussi, dans l'aimable catégorie de la chaîne et du lien. Mais ce qui surtout stupéfie Hugo Arnold est que pas un instant il ne se fût aperçu de l'existence de ce bijou, assez voyant dans sa modestie par l'adorable accord des pierres avec l'azur des yeux, quand sur le strapontin voisin du sien, dans le wagon, longuement la jeune femme s'était fardée, puis recoiffée, puis s'était examinée dans le miroir sur lequel il s'était penché à côté d'elle tandis qu'elle travaillait à parfaire sa beauté. Sa distraction est si grande, il le sait, qu'on pourrait le croire fou, quoique à l'opposé sa faculté d'attention soit telle qu'elle dépasse de loin la norme et puisse passer pour délirante aussi. Mais la découverte qu'il vient à l'instant de faire ne saurait être portée au compte de sa bizarrerie d'esprit, et son observation indiscrète d'une jeune impudique est trop récente et fut trop passionnée pour qu'un détail pareil ait pu lui échapper. Sans erreur possible, le cou de Miriam était totalement nu à ces moments-là, jusqu'à sa sortie du wagon; l'unique explication admissible est qu'elle ait tiré de son nécessaire la chaîne de petites turquoises et l'ait bouclée autour de son cou quand elle était assise sur le quai, pendant que dans le train lui-même roulait vers *Saint-Sulpice*, d'où il allait revenir en arrière pour tenter de la retrouver. La question qu'avec une certaine fatuité masculine il se pose est de savoir si ce serait à son intention, en l'attendant, qu'elle aurait voulu s'orner d'un supplément de parure? Lui demander cela, non pas. D'autant plus qu'un train entre en station avec le même affreux bruit que tous les autres, et chaque fois le cœur tressaille, et s'aiguise l'impression que pareille rumeur est plus insupportable cette fois-ci qu'auparavant, et quatre ou cinq personnes descendent et s'en vont, et ceux qui montent à leur place sont moins nombreux, et la corne résonne en signifiant que tout le bétail est rentré au roulant bercail et que les portes peuvent se fermer, et le départ, moins bruyant, par bonheur, prend un caractère de libération provisoire. Sur le quai, pour un temps probablement bref, Miriam et Hugo seront seuls. Il la regarde dans le bleu des yeux, qu'elle ouvre grands sous les sourcils touchés d'un fard savant, un peu plus bas que le rideau brun de la frange. Au lieu de lui dire gentiment, comme l'idée lui en était venue, qu'il se sentait le miroir de sa beauté, les trois mots qu'il articule sont, une fois de plus, ceux de l'affiche au-dessous de laquelle ils sont assis : « Tout dois disparaître. »

– *Licitum est*, répond-elle simplement, avec la discipline d'une bonne élève.

Mais lui :

– C'est-à-dire?

– Que soit faite la volonté du Seigneur! a prononcé lentement la jolie bête aux yeux bleus, qu'elle ouvre et puis ferme par intervalles répétés comme pour souligner cette apparence de poupée latiniste et bien apprise qu'elle montre depuis que l'homme, le mâle interrogateur, l'a jointe sur le quai où elle se tenait et a porté la main sur elle.

Quelque temps passe. Il est bon d'être interrogé d'une main ferme, pense-t-elle, et la volonté des puissances supérieures, qu'elle vient d'invoquer, se confond avec la volonté du maître. Le jeu des paupières abaissées, relevées, puis abaissées de nouveau continue, avec un automatisme de mécanique sans défaut qui à ce que l'on prétend fonctionne dans tous les organismes du métro assez parfaitement pour préserver d'une catastrophe aux conséquences incalculables le sous-sol de l'une des plus grandes agglomérations humaines de la planète. Quand tout disparaîtra, ce ne sera pas seulement la capitale de la France... Elle est irrésistible, pense-t-il, au point qu'elle pourrait devenir insupportable assez facilement si ses yeux n'avaient pas ce bleu qui sera peut-être celui de l'espace quand la terre avec son atmosphère souvent brumeuse aura disparu. Sa main est proche de la jonction des cuisses, pourtant elle n'ira pas plus haut que le point d'arrêt sur lequel il l'a fixée, dans une certaine crainte de rencontrer du tissu de culotte, ou du poil, si l'irrésistible a jugé bon de se passer de linge intime pour aller dans le métro.

– C'en est assez, Madame, dit-il. Cessez de palpiter des paupières et mettez-vous au bleu fixe. Je vais t'embrasser à bouche ouverte; tu feras de même; cette petite langue pointue, d'un rose vif mais que faisait plus pâle le fard rouge que devant ton miroir tu appliquais sur la chair de tes lèvres, tu vas me la livrer et la presser contre la mienne, longuement autant que je voudrai. Tu m'as compris, je pense.

– Ma bouche est à vous, Seigneur, pour tout ce que vous voudrez, répond Miriam. Cependant nous avons cessé d'être seuls. N'attendrez-vous pas que le prochain train ait vidé notre quai de ces groupes de jeunes garçons qui viennent d'arriver avec leurs parents sans doute? C'est presque un pensionnat. En outre, ces sièges de nouvelle fabrication sont incommodes, suivant l'intention des constructeurs, pour ce qu'il vous plairait d'y faire. Leur substitution aux bancs des stations a été voulue pour empêcher de s'allonger les clochards sommeilleux et les amants désireux de se caresser illico.

– Je n'attendrai pas, dit Hugo. De ton pensionnat je n'ai cure. L'indifférence a force de loi au métro, où des brutaux ont violé des femmes, des filles de tout âge, des enfants des deux sexes, sans que personne intervienne. D'ailleurs, notre conversation d'une rive à l'autre a été rendue, sinon impossible, lassante au moins, par la succession des convois qui stoppaient entre nous et pour une ou deux minutes nous séparaient, mais des assistants nul n'est resté pour entendre notre curieux échange de propos, pour voir quels gestes le suivraient, et le besoin de banalité, ce qu'ils nomment leur nécessité, les a engouffrés dans un espace où rien n'a d'existence. Ils ont disparu.

– Totalement, dit Miriam.

Hugo se lève alors, s'étire pour montrer qu'il est dispos, tandis que Miriam se renverse autant qu'il lui est possible et place sur le siège opposé des pieds presque nus sur lesquels l'homme commence par presser ses lèvres. Puis c'est sur elle qu'il se penche et leurs deux visages se conjoignent, leurs bouches s'unissent, selon sa volonté. Le train qui est venu, puis reparti, a vidé le quai de tous les fâcheux. Quand il se relève :

– J'avais raison, dit-il.

Elle n'a pas bougé. Il revient sur elle un peu brutalement, prend la femme à la nuque pour presser son visage plus étroitement contre le sien, un peu obliques l'un par rapport à l'autre pour que les nez ne gênent pas l'union des lèvres grandes ouvertes entre lesquelles frétillent les langues comme des poissons tirés de l'eau, plus rude celle de Hugo, comme il convient à un maître, plus souple et plus caressante celle de Miriam, comme on est en droit de l'attendre d'une captive. Un train, sur la voie opposée à leur quai, a passé sans les déranger. Quelques minutes de bouche-à-bouche s'écoulent encore, puis le tintamarre, de leur côté cette fois, impose sa discorde, à laquelle ils résistent jusqu'au départ du convoi et à la sortie des passagers. Alors, d'un commun assentiment, les deux membres d'un couple nouveau se détachent; Hugo à côté de la jeune femme reprend son siège, laissant traîner sur elle sa main ainsi que sur une proie la patte d'un rapace. Sans se rebeller, pourtant, elle soulève cette main pour reprendre son équilibre et s'asseoir sur le siège voisin, où elle la repose sur la soie de sa robe au travers de laquelle il peut sentir la nudité de la cuisse, gage de soumission. Ils se taisent, sans nulle envie de se parler de ce qui vient de leur arriver et qui de toute évidence n'est que le prélude de ce qui va s'accomplir, mais dont il n'est pas certain que l'intensité soit aussi bouleversante que celle du premier baiser.

Une pensée, issue de la scène du wagon dont tout le reste n'avait été, en somme, que le prolongement, est revenue dans la tête de Hugo qui n'a pu l'effacer et qui la sent qui s'affirme à mesure que le temps, mesuré dans l'actualité, dirait-on, par le passage des trains ainsi que par des sonneries de pendule, impitoyablement s'écoule. *Slowly time call*, chantait jadis, il s'en souvient, une belle fille noire qui dansait avec lui comme si elle se donnait et qu'il eût chérie passionnément s'il n'avait su qu'elle vendait son corps à des hommes riches. Et dans les gestes de Miriam, cependant qu'elle peignait son visage comme celui d'une créature d'Egypte et que d'un peigne habile elle lissait sa frange brune et ses courts cheveux plats avant de sortir du train, l'ancienne pensée avait pris une incarnation nouvelle en sortant de l'oubli comme un ressuscité sort du tombeau. Il s'était dit qu'il n'était pas impossible qu'en faisant la toilette de son gracieux visage avec des façons dont on ne pouvait nier qu'elles fussent racoleuses, l'intention de la jeune femme fût de donner du prix à sa beauté dès le moment présent et pour les heures à venir, où peut-être elle allait la mettre en montre comme une marchandise. Souriant, il se rappelle que la Noire du temps jadis avait choisi pour se présenter le prénom de Rose, qu'elle prononçait en roulant l'R, contente de faire sourire les hommes comme il sourit maintenant. Dans la blancheur de sa peau sous la facilité de la soie noire, il imagine Miriam comme un double inverse de cette Rose qui n'est jamais morte en lui, quoiqu'il y eût beaucoup d'années depuis le soir où dans le bar où elle dansait elle était venue vers lui. Miriam n'est pas venue à lui, puisque c'est lui qui a baisé sa main à l'improviste, à l'instant où elle allait disparaître selon la loi commune, mais il est au moins probable que sensible à son élan elle se fût assise dans la station pour l'attendre au cas fort improbable où il serait revenu, comme il a fait, tout en sachant qu'il était non moins improbable qu'il la retrouvât. Maintenant, tout de suite après qu'il l'eut embrassée, la suite de gestes et de faits s'échafaude comme une pyramide logique au sommet de laquelle, dans le petit pyramidion quadrangulaire, est exposée une poupée charnelle qui n'est autre que Miriam. Tout ne doit-il pas disparaître, selon le gros titre de l'affiche placardée au-dessus de leurs têtes et qui est un avis, non pas de mort prochaine, comme il semblerait, mais de la vente en solde de toutes les marchandises d'un magasin? Tout ce qui a disparu ne va-t-il pas revenir d'une façon ou d'une autre?

– Vous riez, Seigneur, comme si vous étiez seul, dit Miriam en le reprenant sous le double feu bleu de ses yeux.

Ils sont deux mais il est seul en réalité, et ce qu'il ne peut lui dire est que pour connaître entièrement ce que d'elle il soupçonne, pour lui faire avouer ce qui pourrait expliquer son curieux comportement, il était en train de songer combien il serait bon de lui lier les mains derrière le dos après l'avoir dépouillée de son vêtement, de l'attacher au fil de fer soit verticalement à un pilier rugueux, soit horizontalement sur le grillage d'un sommier métallique et de la questionner en lui infligeant des souffrances de plus en plus aiguës à coups de fouet après quelques gifles initiales, puis à coups de cravache, puis en lui enfonçant sous la peau, à des endroits sensibles, des aiguilles brûlantes. Oh! il ne serait pas besoin d'aller jusqu'à l'application de fers rouges, avait-il pensé, elle aurait parlé avant, et c'est sur cette avenante suite d'images en son for intérieur qu'il s'était mis à rire sans raison apparente, en se disant aussi que par malheur, malgré ce qu'en racontent les revues pornographiques, le métro est un lieu peu propice à ces intéressantes expériences.

– Eh bien, Seigneur Hugo, reprend Miriam, puis-je penser que si vous riez c'est parce que vous êtes content?

– Je riais au-dedans de moi, à mes dépens, dit l'homme. S'il en est sorti quelque chose au-dehors, c'est par manque de contrôle. Je ris bien des fois à contrecœur, et quand, par exemple, je me pose une question à laquelle je voudrais taire le plus longtemps possible la réponse qui est en moi et dont il me semble qu'elle ne peut n'être pas véridique. Mieux vaut rire que trop tôt gémir.

– Gémir n'est pas moins plaisant que rire, dit-elle. Les questions valent pour les policiers, les réponses pour les prisonniers, et réciproquement. Il n'y eut jamais de problème pour Miriam, qui ne fait et ne fera jamais partie des policiers ni des prisonniers. Mais vous devriez être content d'avoir mis la main sur elle au bout de votre chasse, et de l'avoir soumise à votre volonté.

– Si j'osais prétendre que je n'ai pas été

satisfait, dit-il, tu saurais que j'ai menti et tu serais en droit de me percer le cœur.

Miriam à ces mots plonge la main vers la cassette posée à côté d'elle, extrait de l'inépuisable boîte à beauté un joli couteau à manche nacré qui met au clair une lame brillante, étroite, longue de deux doigts au moins, qu'elle empoigne avec résolution.

– Bien! dit Hugo. Tu peux refermer l'engin qui ne m'émeut pas outre mesure, car je sais que tu sais que ta bouche ouverte fut pour moi un puits de bonheur incomparable, dont je sors à peine. Mais de toi bien des choses m'intriguent. Ainsi, ton arme au poing, tu parais capable de saigner des hommes comme des porcs. Avec un peu de complicité des puissances supérieures, si elles voulaient diriger la lame vers le cœur, tu verrais sur les lèvres un peu d'écume rose et tu te retrouverais avec un bel homicide sur les bras.

– Un beau poupon rose qui n'irait pas mal à la bonne mère que je puis être quand on me l'ordonne, dit-elle.

Elle s'est mise debout, les jambes écartées largement et l'une d'elles nue jusqu'à mi-cuisse hors de la soie, le couteau tenu à deux mains sous l'enflure des seins, le bleu des yeux plus fou que jamais sous la frange en désordre. Il ne lui manquerait que d'être pieds nus sur un sol vaste et inculte pour figurer la Grande Mère des Dieux, des hommes, de la faune et de la flore, celle qui donne naissance à toute chose vivante et qui peut à tout retirer la vie par le simple fait de ce qui est féminin par excellence, et que les mâles appellent le caprice. Mais Hugo Arnold, non sans embarras, revient à ce qu'il voudrait maintenant lui faire entendre de façon d'abord imprécise et avec assez d'amabilité pour qu'elle ne s'en offensât pas.

– Miriam, dit-il, ce qui est intrigant en toi n'est pas venu dans ma tête au moment de nos retrouvailles, chacun sur notre rive de la voie électrique, ou bien quand j'ai passé le pont pour venir près de toi sur la tienne. Non. Tout a débuté dans le wagon où, comme si tu étais toute seule dans ton cabinet de toilette, tu portais ton visage à ce que probablement tu jugeais son maximum d'attrait. En te regardant faire je t'ai aimée, d'abord, pour le mépris qu'ainsi faisant tu portais à tes voisins. Tant pis pour moi, je suis ainsi fait que j'admire qu'une femme belle soit un peu méprisante, et mon admiration ne va jamais sans quelque grain d'amour. Puis ce qui a sali un peu mon début d'amour a été la pensée qu'aux après-midi de soleil, au printemps, beaucoup de jeunes femmes se font belles pour aller se promener sur les trottoirs, de préférence à Saint-Germain-des-Prés, pour y être abordées par des hommes en quête de plaisir à qui elles ne craindront pas de livrer leur corps après être convenus ensemble d'un bon prix pour leur dépouillement et leur docilité.

– Cela, je le sais, a dit Miriam en baissant les yeux sur son couteau fermé, remis au nécessaire.

– Tu as mis bas les armes, dit Hugo, riant de nouveau... Si, par un glorieux miracle, je devenais femme et si j'avais tes yeux et ta beauté, je crois que j'aimerais recevoir des ordres autant qu'en donner. Supposition pas moins ridicule qu'absurde, n'est-ce pas?

– Supposition de l'espèce des rêveries que j'aime faire aussi, dit-elle. Aimable chose que la docilité, enviable pour les paresseuses que devraient être celles que les hommes appellent les belles femmes... Puisque nous en sommes aux aveux réciproques, ou presque, il serait bon, Seigneur, que vous n'ignoriez pas que Miriam se plaît à être commandée bien plus qu'à commander elle-même. Mais, comme dans les républiques prudemment ordonnées, il faudrait que le pouvoir alternât entre les deux partis contraires. Ainsi, au cas où nous ne pourrions, avant l'extinction et la clôture, nous détacher de ce Styx électrique où le temps nous est mesuré au rythme de passage des convois, je ne craindrais pas du tout que vous régniez pendant le passage de dix à douze trains, tandis que je me contenterais de n'être souveraine qu'entre deux. J'en aurais bien assez pour être excessive et rendre la vie insupportable à mon peuple, limité à un seul individu, vous-même.

– De ce Styx électrique, comme gentiment tu l'appelles, je commence à avoir assez, plus qu'assez, dit l'homme. Si j'étais souverain d'une unique sujette, qui fût toi, sois certaine que mon règne ne passerait pas sans que je l'aie emmenée au grand air.

– Vous l'emmènerez, Seigneur, dit Miriam, à moins que ce ne soit elle qui vous emmène quelque part. Mais, puisque nous sommes assis ensemble, sur des sièges emboîtés à une distance suffisante pour que la moralité la plus sévère n'y ait rien à redire, reprenons notre entretien au point où vous l'aviez laissé, sur le sujet qui vous intriguait.

– En effet, dit-il, nous nous sommes laissé entraîner par les mots loin de ce que je voulais te dire et qu'il ne m'est pas facile de dire. Donc, après t'avoir regardée faire toilette comme avant d'être appelée sur la scène d'un théâtre, et je ne savais pas que tu fusses toi-même une théâtreuse, j'avais pensé, sans aucun esprit de condamnation, sois-en sûre, à ces jeunes femmes que l'on rencontre assez souvent au sud de l'église Saint-Germain-des-Prés...

– Ah! dit Miriam, avec un air de franchement s'amuser, ces jeunes femmes...

– Celles-là, oui, dit-il, qui pour montrer qu'elles sont abordables se peignent comme l'Indien sur le sentier de la guerre...

– Ou qui ne se peignent pas du tout, dit-elle, pour feindre de ne pas être abordables et pour donner à l'abordeur l'illusion qu'il est vainqueur et que l'abordée se rend parce qu'elle doit se reconnaître vaincue.

– Et là-dessus, dit-il, le train est arrivé à la station *Saint-Germain-des-Prés*, et j'ai vu se lever la jeune femme sur laquelle s'était fixé mon regard...

– Vous l'avez vue aller vers la porte...

– Avec sa cassette de toilette, et je me suis levé aussi, pour ne pas la gêner...

– Et au moment où elle sortait et ne pouvait vous regarder, vous avez baisé sa main posée pour prendre appui sur la vitre, par surprise, comme un voleur qui prend un porte-monnaie dans un sac. La porte s'est refermée devant vous, qui êtes resté dans le wagon avec votre pensée, très estimé Seigneur, dit Miriam, qui de toute évidence s'amuse de plus en plus.

– Il est vrai, dit-il, avec une maladresse croissante, qu'empêché, comme je l'ai été, de suivre la jeune femme que j'avais eu permission de voir s'asseoir sur le quai tandis que le train m'emportait, je me suis remis à penser et que ma pensée a pris corps, un corps habillé de soie noire.

– Bien légèrement habillé, dit-elle. Votre main a pu s'en assurer...

A cela Hugo Arnold ne répond rien, repris qu'il est par sa pensée et le besoin de la confesser, qui est douleur en lui non moins que plaisir impur. Elle, si le siège le permettait, se bercerait en le regardant et l'écoutant. Le fleuve électrique, devant eux, poursuit son cours.

– Il y a plus, dit-il encore. Ma pensée aurait été presque effacée par l'émotion de retrouver au point exact où je l'avais perdue la jeune femme aux yeux très bleus quand, peu après le début de notre conversation malaisée d'un bord à l'autre, à propos de son métier de comédienne, elle m'a dit une phrase du plus grand saint parmi nos poètes, et dans sa citation, à laquelle je ne m'attendais pas, un mot m'a frappé en remettant cruellement à vif tout ce que vaguement je pensais.

– Je sais le mot, dit Miriam. Baudelaire a dit que par un côté la comédienne touche à la courtisane. C'est le dernier mot qui a fait impression sur vous.

– Ce n'est pas tout, dit-il. Je suis sûr que tu n'avais pas au cou, avant de descendre à *Saint-Germain-des-Prés*, ce fil de petites turquoises aussi lumineuses que tes yeux. Tu as dû le retirer, lui aussi, de la boîte, et le mettre ici même, peut-être sans te lever du fauteuil où tu es assise. Tu l'as mis en complément de ta toilette, avant d'aller te promener dans le quartier.

– Il est joli, n'est-ce pas? dit-elle. Je l'aime aussi parce qu'il est étroit et qu'en plus vif sa couleur ressemble à celle de l'encre des tatouages avec laquelle beaucoup de jeunes hommes et quelques femmes se sont fait inscrire sur la peau : « A découper suivant le pointillé. » Oui, c'est un pointillé de turquoises que je porte là. J'en suis fière, Seigneur.

– Tu as raison, a dit, en balbutiant un peu, le Seigneur.

Elle a repris, comme pour l'achever :

– Quoiqu'il fasse encore plein jour au-dehors, je pourrais vous dire enfin, selon les mots de Monelle : « Je suis sortie de la nuit et je rentrerai dans la nuit. Car, moi aussi, je suis une petite prostituée. »

Et puis :

– Comme ils disent, je suis une fille, ou une femme, déshonorée. Votre pensée, Seigneur, était véridique, mais elle ne vous a pas empêché de faire dans les sous-sols de Paris une folle course pour remettre la main sur moi. J'en suis fière.

– L'amour a le pas sur l'honneur, dit l'homme, avec une maladresse croissante.

Elle se met à rire avec des éclats forcés qui attirent sur elle les regards de deux jeunes hommes qui viennent d'arriver sur le quai et qui non loin s'asseyent. Elle s'allonge autant qu'il est possible sur l'incommode siège, expose ses belles jambes nues.

– Pas toujours et non pas forcément, dit-elle. J'ai toujours avec moi, pour l'éducation des abordeurs, un précieux petit livre qu'avait fait faire pour moi spécialement un homme sensible et qui est *L'aventure de la lingère du Petit Pont*, un extrait des *Mémoires du Maréchal de Bassompierre* que Goethe traduisit et répandit dans les pays germaniques, où il eut des imitateurs. Tenez-vous tranquille, estimé Seigneur, écoutez-moi, je vais vous en lire un passage, la repartie de la jeune lingère. Ce n'est pas vous que l'on observe.

Ainsi disant, la voilà qui rouvre l'inépuisable nécessaire, fourrage un peu, tire une mince plaquette de maroquin rose pâle si bien écrasé par le relieur que l'on dirait de la peau humaine, et de la plus douce des filles. A voix assez haute pour que Hugo Arnold ne soit pas son seul auditeur, elle commence à lire :

« Monsieur, je sais bien que je suis en un bordel infâme, où je suis venue de bon cœur pour vous voir, de qui je suis si amoureuse que pour jouir de vous je crois que je vous l'eusse permis au milieu de la rue, plutôt que de m'en passer. Or, une fois n'est pas coutume, et forcée d'une passion on peut venir une fois dans le bordel, mais ce serait être garce publique d'y retourner la deuxième fois. Je n'ai jamais connu que mon mari et vous, ou que je meure misérable, et n'ai pas dessein d'un connaître jamais d'autre. Mais que ne ferait-on point pour une personne que l'on aime, et pour un Bassompierre? C'est pourquoi je suis venue au bordel, mais ç'a été avec un homme qui a rendu ce bordel honorable par sa présence. Si vous me voulez voir une autre fois, ce sera chez une de mes tantes, qui se tient en la rue de Bourg-Labbé proche des Halles auprès de la rue aux Ours à la troisième porte du côté de la rue Saint-Martin, je vous y attendrai depuis dix heures jusqu'à minuit, et plus tard encore, laissant la porte ouverte. A l'entrée il y a une petite allée que vous passerez vite, car la porte de la chambre de ma tante y répond, et trouverez un degré qui vous mènera au second étage. »

– Soucieuse de sa gloire, elle l'était, dit Hugo! A partir de la seconde fois au moins, l'amour devait se mettre en règle avec l'honneur. Et pour la troisième, l'habitude prise, alla-t-on chez la tante encore? Et comment tout cela a-t-il fini?

– Il n'y eut pas de seconde fois, dit Miriam. La femme est morte avant.

– De quoi?

– De la peste, qui sévissait à Paris, dans les quartiers populaires, mais respectait le beau monde, dit-elle.

– Et le Maréchal de Bassompierre?

– Il s'est tiré, à la façon des hommes importants. Il a bu, raconte-t-il, trois ou quatre verres de vin pur, qui est un remède d'Allemagne contre la peste, et s'endormit pour s'en aller en Lorraine le lendemain matin. De son aventure, il avait gardé un assez bon souvenir pour la juger digne d'entrer dans ses mémoires, d'autant plus qu'elle servait ce que, comme vous, Seigneur, il devait nommer sa gloire, dit Miriam.

Un moment, ils se sont tus, puis Hugo, qui se sent jugé, point à son avantage, par la dernière phrase autant que par le silence de Miriam, relance le dialogue :

– Pourquoi, demande-t-il, l'homme sensible a-t-il voulu t'offrir cet exemplaire unique de l'*Aventure* du Maréchal?

– Parce qu'il m'avait rencontrée sur un autre pont, le Pont-Neuf, où je marchais en rêvassant. Dans un beau jour comme aujourd'hui. J'étais coiffée comme cet après-midi. Je portais un léger deux-pièces en flanelle de coton bleu clair, et le vent qui soufflait soulevait un peu sur mon torse nu la veste qui ne fermait que par un bouton d'émail mauve. Il eut l'audace, avant de m'avoir dit le moindre mot, de m'accrocher par là avec la poignée de sa canne, et le geste ne m'indigna pas. Il m'a parlé plus tard, et il m'a beaucoup et longtemps aimée, dit-elle, en comédienne soucieuse de bien dire et pour les autres qui l'écoutaient non moins que pour son voisin.

– Qu'est-il devenu? demande celui-là.

– Il est mort, lui aussi. Oh! Point de la peste, d'un accident...

Elle se tait, sourit à droite et à gauche. De nouveau le silence entre eux deux s'étend, longuement, respecté par Hugo qui enrage à l'idée qu'entre accrocher et raccrocher il n'y ait qu'une petite consonne de distance ou de différence, par Miriam consciente et pas mécontente d'avoir provoqué son dépit. Un train, qui repart, les débarrasse de la paire d'auditeurs importuns, qui s'étaient rapprochés de Miriam. Il regarde le beau visage. Puis :

– Tu es vraiment comédienne? s'est-il décidé à dire. Tu as vraiment joué sur des scènes de théâtre?

– Autrefois, dans de petits théâtres, presque anonymes comme il y en a beaucoup à Paris, oui, répond-elle, après un moment comme pour rassembler des souvenirs. Mon seul rôle important aurait été celui de *Lulu, Loulou* comme on préfère dire en français, le grand drame de l'Allemand Wedekind, dans la version française de Pierre Jean Jouve. J'aurais eu le rôle principal. Au dernier moment, on me l'a retiré pour le donner à une drôlesse. A cause d'elle, la pièce est tombée. Moi, je savais mon rôle à la perfection. Goll me disait : « On voit ton linge. Tu devrais le cacher. » Et moi : « J'aurais mieux fait de ne pas en mettre. Ça ne fait que gêner. » « Superbe ! » m'a dit Pierre Jean Jouve, en me tapotant.

– Tu as connu Jouve? demande Hugo.

– Pas vraiment... Il me regardait gentiment, je le regardais timidement. C'était un homme très intimidant et très élégant. Il est mort, n'est-ce pas?

Hugo reste muet, alors elle reprend :

– Jouer Lulu... Quelle tristesse de n'avoir pu le faire ! De la pièce et de tout mon travail, de l'exemple de Louise Brooks qui l'avait jouée au cinéma, dans les deux films de Pabst, je n'ai gardé que la coiffure, celle que j'ai encore et que vous voyez, Seigneur.

– Je vois et je goûte, ma jolie catin, dit l'homme. Et à toi comme à Louise Brooks, comme à Catherine Mansfield, splendide et misérable étoile qui ne songeait pas à jouer Lulu, comme aux jeunes Egyptiennes des plus anciens Empires, courtisanes peut-être, aucune coiffure ne serait allée aussi bien. Tu appartiens à cette très rare espèce de femmes qui ont reçu le don de la beauté merveilleuse.

– Seigneur, dit-elle humblement, vous en jugerez bientôt. C'est mon vœu.

Que reste-t-il à dire qui pourrait ajouter quelque chose aux trois derniers mots de la jeune femme, prononcés sur un ton et avec un accent qui semblent avoir enjambé deux ou trois siècles pour se faire entendre au présent, dans le souterrain d'une station de métro. Si spontanément qu'elle ait parlé, elle doit le sentir, et il n'est pas impossible qu'elle s'en trouve enchantée autant que son ami de rencontre qui avec toutes ses maladresses, sinon par le fait de celles-là, est devenu brusquement, dans les derniers instants, son ami essentiel comme au féminin elle est devenue la sienne. Essence, mot qui s'est tant avili dans la bouche des professeurs de philosophie que l'on n'ose presque plus s'en servir, par horreur d'être comme eux lourdement pédant, mais qui a signification exacte et vivifiante. Tout de même que le mot âme, plus clair et plus éclairant malgré le voile de boue dont l'ont embrené les langues des prêtres de partout. Allons, il serait temps de quitter les bords du fleuve électrique où deux ou trois trains se sont arrêtés, ont déversé quelques passagers, en ont embarqué quelques autres, sont repartis sans que les héros d'une aventure somme toute assez banale leur aient accordé la moindre attention, enfermés qu'ils sont maintenant chacun en soi-même malgré la caresse devenue presque automatique de la main de l'homme sur le flanc de la femme depuis sa cuisse nue jusqu'à son aisselle et son épaule nues et réciproquement, sans rencontrer jamais à l'intérieur de la robe la moindre trace de lingerie.

D'un commun accord, sans s'être parlé, ils s'en étonnent, mais c'est ainsi, tous deux se sont levés et se dirigent vers la sortie. La caresse a cessé comme la lumière dans une lampe où le courant a été coupé, et le caressant, Hugo Arnold en l'occurrence, n'en éprouve aucune peine, car la chose avait duré suffisamment à son gré, et il ne continuait à faire aller la main sur la peau et la soie que par crainte d'être discourtois à l'égard de la caressée, laquelle, d'ailleurs, supportait par courtoisie aussi une sorte de massage qui n'avait plus rien de commun avec cette agression suivie d'invasion qui lui avait tant plu dans les premiers moments où elle s'y était soumise, comme se rend fille en wagon la nuit, assise dans un compartiment plein où pas plus que son voisin elle ne s'est endormie.

Dans le couloir bref par où l'on s'éloigne du quai, séparés, ils ont fait quelques pas. Styx électrique, adieu! La haute tension, poétique ou presque, qui règne dans le métro et qui justifie, comme la forêt profonde, la pureté du glacier ou le granit battu par les vagues, certains élans du langage un peu ridicules dans la rue commune, baisse à vue d'œil autour de Miriam et de Hugo. Les affiches, sur le mur gris, publicité bariolée pour des croisières populaires, économiques et joviales semblent n'avoir été collées là que pour canaliser le reflux. Arrivé devant les marches, Hugo a pris le poignet de celle qui va sans doute être sa compagne sur un lit, puisqu'elle n'a pas dissimulé que faute de pouvoir s'exhiber sur une scène de théâtre, jouer de sa joliesse devant un public, dire des phrases apprises dans une brochure, incarner dans sa peau d'émouvants personnages de femmes, son activité professionnelle est de se mettre à la disposition des hommes qui auront acheté son corps pour un temps plus ou moins long et pour une somme d'argent dont le montant n'a pas été déterminé. Le geste, en soi, est ambigu, car si d'une part il se présente comme une aide proposée par le cavalier à la dame pour monter l'escalier, il est aussi, d'une façon non dépourvue de brutalité, une prise de possession de ladite dame par des doigts musclés qui d'un anneau serré l'enchaînent avant même qu'elle n'ait été payée, pour l'empêcher de trouver ailleurs un autre cavalier, comme pourraient laisser craindre ses regards jetés en arrière vers deux individus dont il n'est pas dit qu'ils ne l'aient suivie. Avant le haut de l'escalier, ceux-là ont rattrapé le couple, qu'ensemble ils regardent en le dépassant, tandis que Hugo ralentit le pas en serrant plus fort encore le poignet de Miriam. Il y a des gens, se dit-il, qu'il vaut mieux avoir devant soi que derrière, et si les gens se retournent pour regarder une autre fois Miriam et celui qui sans rire la tient captive, l'observation qu'il en fait ne l'engage pas à relâcher son étreinte.

Enfin, les voilà en haut. Quoique l'ascension n'ait pas été longue, Hugo s'arrête quelques secondes, autant pour souffler que pour voir si les deux fâcheux ont disparu. Miriam en riant tire sur le bras qui la freine, à la façon, murmure Hugo, d'une jeune bête prise à la chasse et qu'il va falloir entraver mieux avant de lui avoir trouvé une cage à sa convenance. Elle, qui n'a compris que trois ou quatre mots, sans s'inquiéter pourtant le prie de s'expliquer plus clairement. La jeune bête, qui est-ce?

– C'est toi ma biche, tu le sais sans avoir besoin de l'avoir entendu, dit l'homme. Et le chasseur, laisse-moi l'illusion de croire que c'est moi. La cage, plus vaguement, c'est la chambre close dans laquelle le chasseur voudrait au plus vite s'enfermer avec la biche et l'y mettre en liberté pour l'examiner partout à sa guise et se jouer d'elle.

Qu'il ait craint que les deux curieux, que l'on ne voit plus, tant mieux d'ailleurs, fussent des chasseurs aussi, des rivaux, il ne le dit pas; il a lâché le poignet de la jeune femme et lui a pris le bras. L'espace où ils sont est plus large que la plupart des couloirs du métro, allongé, d'un trottoir à l'autre, sous le boulevard Saint-Germain. A droite, derrière des portes vitrées qui ne cessent de s'ouvrir et de se fermer pour le passage des entrants et des sortants, paraît la lumière du jour. Et c'est là qu'ils vont. Et c'est Miriam qui pousse la dernière porte du souterrain séjour, après avoir dit :

– Ne croyez pas, Seigneur, que Miriam soit de ces courtisanes dont on se joue à sa guise. Jeu s'il y a, c'est plutôt elle qui jette les dés ou abat les cartes. Autant qu'il me souvienne, nul ne s'en est plaint jusqu'ici.

Il n'est pas encore cinq heures et demie; moins d'une heure s'est écoulée dans la grande clepsydre imaginaire depuis que Hugo Arnold a descendu l'escalier de la station *Palais-Royal*; celui qu'à présent il monte au bras de Miriam est baigné d'un soleil plus éclatant et plus chaud, sous un ciel d'un bleu pur, semble-t-il. A moins que le bel éblouissement ne soit l'effet que du contraste avec la pénombre et la lumière électrique, ce qui n'est pas exclu. En tout cas, ils ont monté plus allégrement, plus aisément aussi, les dernières marches, et ils débouchent sur le trottoir du boulevard, parmi les passants qui vont et viennent. « Le moment approche où il faudra lui parler, proposer (comme on dit) », pense Hugo, embarrassé de sa capture comme jamais chasseur ne fut, un peu tenté de tout planter là et de retourner aux robes de Fortuny, chez Nora Nix qui n'est pas loin.

Sans but précis, Hugo va se diriger vers la gauche, attiré par les arbres et la verdure que l'on voit derrière une grille, au flanc de l'église, de ce côté-là, mais avec énergie, tirant par le bras qui est sous le sien le corps de l'homme, Miriam le remet à droite, dans le sens où ils sont sortis de l'escalier. Un maigre étalage de marché aux puces se trouve par terre, au coin du boulevard et de la petite place pavée, récemment aménagée pour les piétons devant l'église. Promenoir plus que parvis, pourrait-on dire. Des jupons d'occasion y sont à l'air, au-dessus de pauvres bijoux de seconde main, de quelques sacs exotiques, de quincailles des Indes et de livres défraîchis parmi lesquels sont bien en vue les deux tomes de l'ESSAI SUR L'INÉGALITÉ DES RACES HUMAINES par le Comte de Gobineau, dans l'édition Firmin-Didot de 1933. Miriam prend le tome second, feuillette, trouve que c'est imprimé fin, repose l'objet à l'envers. Son compagnon la regarde avec inquiétude et tendresse tandis qu'en se relevant elle se dresse face au soleil, ferme et puis ouvre ses yeux que le rayonnement rend hagards, s'offre dans sa soie noire largement déboutonnée, son fil de turquoises ceignant la peau mate de son cou, ses jambes écartées largement comme pour affermir son corps solide sur un sol mouvant. Puissante et luxueuse, songe Hugo, séduit par certain antagonisme entre les mots qui n'existe peut-être qu'en son imagination, mais (et c'est bien la dernière chose qu'il attendît d'elle) :

– Entrons dans l'église, lui dit Miriam.

Et pourquoi pas? C'est bien Miriam, comme elle l'avait laissé entendre, qui mène le jeu maintenant, et qui tire après soi un Hugo Arnold confus un peu de n'avoir jamais, fût-ce par curiosité, passé la porte modeste qui donne accès dans l'édifice plus monumental à l'intérieur qu'il n'aurait semblé du dehors. Beauté romaine, c'est tout un pour l'observateur sensible, et les femmes du type de Miriam, par leur solidité sensuelle et leur simple perfection, ne sont-elles pas de la famille de la colonne bien mesurée, du chapiteau fruité et de la voûte en demi-cercle qui est moins un triomphe de l'esprit sur la matière qu'un matériel triomphe de l'esprit allié à la chair, autrement dit de l'incarnation. Que le corps humain soit architecture, voilà qui a été justement depuis des siècles dit et redit et qui ne saurait être dit en conscience et en certitude que du corps féminin particulièrement, équilibré de la sphère capitale aux coupoles jumelles des seins, à celle des fesses. Entrer dans l'église Saint-Germain-des-Prés sous la conduite de Miriam, n'est-ce pas une manière d'entrer dans le corps de Miriam, ou bien serait-ce la promesse que l'on verra bientôt ce corps, et que l'on y entrera?

Il se dirigeait, ainsi songeant, vers la gauche. Une fois de plus c'est vers la droite que le tire Miriam et il obéit à la volonté de Miriam. Vers le premier tiers de la nef, elle pénètre entre deux rangées de fauteuils et s'assied sur le cinquième; il s'assied à côté d'elle.

– C'est là, dit-elle, que je me mets quand je viens dans le quartier. Assez en vue; pas trop tout de même. Ne regardez pas, Seigneur, le haut de la nef, qui a été refait en mêlant l'ogival au roman et qui est une triste coiffure sur tout le reste. Il y a ici des pierres de tous les temps, des fûts de colonnes dont les plus anciens seraient du VIe siècle. Les meilleurs chapiteaux ont fini au musée de Cluny, où vous peineriez à les retrouver.

Elle parle doctement, comme parlerait un guide, en écartant les jambes autant parce qu'il y a peu d'espace entre les rangées de sièges que pour mettre à l'air, comme distraitement, un genou nu, appeau que saisit la main de Hugo, qui remonte encore, sans rencontrer d'obstacle.

– Tu viens ici seule, souvent? demande l'homme.

Sa voix tremble et la femme ne s'y trompe pas. Elle se tourne pour donner de l'aise à sa main, et :

– Seule, oui; pas souvent...

– Habillée comme cet après-midi? dit-il.

– Comme ce soir, ou peu différemment. J'ai plusieurs robes de soie noire, certaines fendues sur le côté comme les robes chinoises, mais plus courtes. J'aime la soie sur ma peau...

– Et tu restes là, seule?

– Pas très longtemps en général, dit-elle en riant sans bruit, montrant l'éclat de ses dents.

– Et l'on te parle?

– Pas très vite, pas toujours, par respect du lieu, dit-elle. Le premier attouchement, la première touche, comme on dit à la pêche, ne manque jamais d'être très timide, presque insensible, plausiblement involontaire, sans rien de commun avec les franches attaques du métro. Si je me retirais, je sais qu'il serait probable que cet on dont nous parlons s'en aille après un moment d'immobilité plus ou moins long, qui témoignerait de son innocence.

– Mais tu ne te retires pas, dit Hugo.

– Non, dit-elle. Je reste parfaitement immobile, comme si je ne m'apercevais de rien, même quand l'on passe à des pressions rythmées qui ne cachent plus les intentions du quidam et quand les doigts entrent en jeu là où posait le genou. Ainsi va le sketch que j'ai mis en scène et que je crois pouvoir me vanter de jouer en bonne comédienne. Tout est théâtre pour moi. Donc, je ne trouve pas surnaturel que tout doive disparaître, ce dont vous sembliez vous étonner. Un beau spectable, oui...

– Mais la fin de ton sketch? demande l'homme, dont le désir retombe et la main s'engourdit à mesure qu'il se sent moqué.

– La fin, dit-elle, est qu'après s'être prêtée en feignant de ne s'apercevoir de rien, l'héroïne du sketch se lève et sort de l'église, sans hâte, pour que l'on puisse ne pas la perdre de vue, la suivre, discrètement l'aborder...

– Alors, dit l'homme, insistant.

– Alors, conclut-elle, c'est un autre sketch qui commence et dont je cherche à ce qu'il soit du bon théâtre, ni plus ni moins que le premier, dont je voulais, Seigneur, vous faire connaître le beau décor.

Silence; impression de froid. Les yeux de Hugo se sont habitués à la pénombre habituelle aux sanctuaires, et en goûtant ce temps de repos, cette station plus paisible assurément que celles du métropolitain, ce qu'en secret il songe est qu'il serait agréable d'être entré seul dans l'église, de s'être assis à côté d'une jolie solitaire et de l'observer longuement d'abord, sans être regardé d'elle, suivant en cela la confession de Miriam, puis de tenter un léger contact d'aspect involontaire entre deux genoux voisins l'un de l'autre, le cœur battant un peu dans l'attente du refus ou de l'acceptation. Pouvoir montrer à Miriam qu'il saurait jouer la comédie lui aussi,voilà ce qu'il voudrait. De la part de la femme, se dit-il, un peu de prosternement servirait bien la marche de l'affaire, hâterait le dénouement inévitable d'une séduction qui ne serait pas beaucoup plus fausse que la plupart des séductions opérées dans tous les temps sur tous les points du monde.

– A quoi, ou à qui, pensez-vous, Seigneur? lui demande Miriam, qui de l'homme du métro s'attendait à autre chose qu'à ce mutisme et à cette stagnation.

S'il le lui disait, elle serait émue peut-être, heureuse même. Elle se sentirait applaudie puisque, pour lui, comme pour les autres comparses qui se succèdent ou se succéderont auprès de son corps, elle ne voudrait avoir que l'intérêt un peu mineur de la comédienne principale, fût-elle très jeune, pour des acteurs de moindre importance qui ne sont que prétextes ou soutiens de son jeu. Ou bien si c'est tout le contraire et si c'est la comédienne, sœur ou masque de la courtisane, qui pour chacun et chaque fois sent que son cœur bondit... Exaltation, précipitation du cœur féminin s'il y a, en tout cas ce n'est pas le fier émoi de la lingère du Petit Pont dont il fut question, ce n'est pas non plus le maternel attachement de la pauvre Ann, celle qui rencontrait le Mangeur d'Opium sur le pavé d'Oxford Street, lui offrait l'amour et l'aidait à préserver une vie chancelante, ni la passion poussée jusqu'au mystique de la petite putain consolatrice ou salvatrice qui voue son corps et son âme au service du prisonnier, du condamné à mort, de l'homme qui est tombé aussi bas que le plus bas degré de l'univers.

Elle rit cependant et répète :

– A quoi pensez-vous donc?

Il faut bien répondre quelque chose et Hugo, à regret, s'arrache à la plaisante imagerie déployée devant ses yeux par des mots dont ce n'est pas le moindre charme qu'ils laissent ignorer s'ils étaient confession purement véridique ou pure invention d'une jeune femme que sa vocation théâtrale ferait soupçonner de vivre dans l'artificiel et dans l'imaginaire.

– Gentille mérétrice, dit-il avec effort, je regardais votre théâtre où malheureusement on ne joue rien de galant, à ce qu'il semble, et où je me demande par quelle aberration les belles colonnes proches de nous portent des sortes de chemises tirant sur le rosâtre qui font un effet déplorable. Comme les filles de marbre, les colonnes de pierre doivent être nues.

– Merci, Seigneur, pour la façon dont vous venez de m'appeler, dit-elle. Je ne l'avais entendue de la bouche de personne et ce n'est pas ma faute si dans ma vie je la mérite plus souvent que celle de bonne comédienne, à laquelle vous savez que je prétends... Les filles de marbre ont leur agrément, selon certains. Je ne pense pas en avoir jamais été une. Et le triste habillage des filles de pierre qui soutiennent les voûtes de Saint-Germain-des-Prés n'est qu'une sorte d'enduit polychrome dont la couleur a mal tourné après qu'elles en eurent été badigeonnées au siècle dernier, époque des restaurations et des décorations dont vous n'avez qu'à lever la tête pour voir le résultat. Vous pourriez donner un coup d'œil aussi aux grandes compositions peintes par Monsieur Hippolyte Flandrin pour décorer la nef et le chœur, à l'époque de Baudelaire pourtant... Non loin de nos sièges, les sujets de quelques-uns pourraient ne pas déplaire à l'homme que je crois que vous êtes. Par exemple, les *Préliminaires du Jugement dernier...*

– Préliminaires de l'instant sacré où tout

devra disparaître, dont l'annonce a eu le bon effet de nous réunir..., dit Hugo.

– *Le Sacrifice d'Abraham*, ajoute la femme.

– Une belle histoire sanglante qui ne va pas jusqu'au sang, ce qui est assez peu commun, comme tu sais, dans notre Saint Livre, dit Hugo. Je serais étonné, malgré ta science, que tu eusses connaissance des vers du poète romain Belli à ce sujet, qui sont savoureux. Le jeune Isaac, un peu inquiet tout de même d'être arrivé en haut de la montagne où son père lui avait dit que l'on sacrifierait un gros mouton à Elohim et de n'y rien voir de pareil, demande : « *Er pecorone, dov'è?* « Le gros mouton, où est-il? »

– Et le père Abraham lui répond : « *Er pecorone, sei tu!* » « Le gros mouton, c'est toi! » J'ai lu Belli, bien entendu, dont l'anticléricalisme semble inspiré par les anges rebelles, et la science de la mérétrice va plus loin que vous ne pensez, Seigneur, dit la femme. Il y a encore l'épisode de *Joseph vendu par ses frères*. Ils l'avaient dévêtu de sa tunique à manches avant de le mettre au frais dans un puits. On vous dévêt toujours pour vous vendre plus cher en vous exposant, comme pour se vendre on s'expose et on se dévêt. Parfois, on vous lie. Sans en être bien sûre, il me semble que j'ai été vendue par mes frères moi aussi, avant de songer à me vendre moi-même.

– Tu as des frères? demande Hugo.

– J'en avais deux, Ruben et Benjamin. D'un autre père que le mien, nés d'un amour antérieur de ma mère. Où sont-ils, s'ils existent toujours, je ne sais, dit-elle. Avec une éponge de vitriol, j'ai tout effacé de la plaque où était gravée l'histoire de mon passé, car je hais les histoires de famille. *Deleatur!* Ruben et Benjamin étaient de jeunes hommes comme ont été tous les hommes. Maintenant que vous m'y faites repenser, Seigneur, le vitriol n'était peut-être pas assez fort, quelque chose me revient de ce temps béni de mon adolescence où en jouant dans un petit bois avec eux deux ils me saisirent, ils me déshabillèrent, ils se moquèrent de moi, ils me lièrent à un arbre, ils me caressèrent, ils me prirent violemment l'un après l'autre, plusieurs fois chacun, tandis que je suppliais et pleurais. Plus tard, quand nous fûmes revenus en ville, ils me vendirent à des hommes riches, en m'obligeant à me soumettre aux acheteurs qui leur avaient remis d'avance le prix de mes soumissions. Ce n'était pas du théâtre que ce temps-là, et c'est pourquoi j'ai cherché à le détruire profondément, sans y arriver tout à fait.

– Tu pourrais écrire tout cela, devenir une romancière, tu aurais du succès peut-être et tu gagnerais de l'argent. Le public aime les petites putes qui racontent leur histoire, dit Hugo.

– Je suis une comédienne à demi, une courtisane pour l'autre moitié, vous le savez, Seigneur, dit-elle. L'argent qu'on me donne me suffit et je ne serai pas une écrivaine, ou, si vous préférez, une romancière qui se raconte. Non et non... Les décors dans lesquels je me déplace et où je me couche sont des artifices. On m'offrirait des sacs d'or que je ne vivrais pas ailleurs.

– Et c'est à ton honneur, ma catin, dit Hugo Arnold, simplement. Mais tu n'es vêtue que d'un peu de soie et il fait frais dans les lieux saints. Sortons donc, revenons au soleil avant que tu n'aies pris froid.

– Merci pour vos bons sentiments, dit-elle. Je suis plus solide qu'il ne vous paraît.

Elle se redresse avec un petit bond. Devant Hugo, qui est resté assis pour mieux la voir comme s'il était au spectacle et qu'elle jouât ou posât pour lui, elle s'étire dans la nef longuement en élevant ses bras nus vers le faux ciel de la voûte et en bombant le torse où la soie dont il s'est parlé moule jusqu'aux pointes des mamelons ses seins magnifiques. Sans nul mot ou expression de blasphème, dans cette église qu'elle connaît assez bien pour la montrer à Hugo Arnold en cicérone averti, elle détonne, ou tout au moins elle se détache, avec une splendeur antique autant que moderne où d'aucuns s'exalteraient passionnément comme d'autres s'indigneraient au point de réclamer l'expulsion ou même l'arrestation immédiate de la coupable. Cependant, nul ne la regarde, personne ne semble s'être aperçu de sa présence, à l'exception de Hugo qui lorgne et reste béatement assis ainsi que dans un fauteuil de premier rang au café-concert. De la même façon que pour sa toilette dans le métro, qui pour lui est à l'origine de son aventure, le destin de Miriam Gwen, se demande Hugo, ne serait-il pas de n'être jamais observée, sauf par lui? Tragique destin si c'était vrai, pour une comédienne non moins que pour une courtisane! En attendant, des bruits d'orgue, qui pourraient être le prélude de quelque belle musique vespérale, commencent à s'élever du côté du chœur, et le corps de Miriam ondule voluptueusement au-dessus du plateau de chaises vides. Bayadère sacrée, l'emploi, s'il existait dans la contemporaine église de Rome, serait à sa portée sans doute. Oui, mais de deux doigts comme des branches d'une pince, elle a saisi la narine gauche de l'homme et tire en l'air pour l'obliger à se lever. Ce qu'il est obligé de faire, car le geste est sans rémission. Debout, elle se presse contre lui tout entière et presse contre la sienne sa bouche ouverte, sans rémission non plus dans la longueur du baiser, ce qui n'est pas pour lui déplaire.

– Allons, dit-elle simplement, en l'obligeant, étourdi qu'il est encore, à se tourner, et en le poussant vers la sortie des chaises.

Là, il allait tourner à droite, mais non, c'est vers la gauche et vers le chœur qu'elle l'entraîne, il va falloir quitter le roman, traverser l'ogival, faire le tour entier du Saint Edifice avant de retrouver l'issue par laquelle ils étaient entrés.

– Avez-vous vu *La Mort de Saphira*, une toile cintrée devant laquelle nous venons de passer? dit-elle, la main posée sur la poignée de la porte.

Il ne l'a pas vue, ne souhaite pas la voir, et s'il a tort, tant pis pour lui; mais ce qu'il voudrait est plaire ou, au moins, ne pas déplaire à la belle créature qui vient de lui dispenser un peu de science et une bouche inoubliable.

– Saphira, lui dit-il, quel beau nom! Il ne t'irait pas mal.

– Le mien me suffit, Seigneur, qui est celui de la femme par essence ou presque, mais vous n'avez pas tort et il pourrait convenir à quelqu'une des jeunes novices qui vont entrer dans notre ordre. Sortons maintenant, avant que l'orgue n'ait appelé des fidèles.

– Que reproches-tu aux fidèles, aimable

femme de bonheur? Aurais-tu eu à te plaindre d'eux? demande Hugo.

– Non pas, dit-elle. Solitairement, j'en ai rencontré de sensibles. Mais en groupe et surtout s'ils se mettent à chanter, il vaut mieux prendre ses distances, comme avec les militaires...

Ce disant, elle ouvre grande la porte, annonce :

– Le soleil est toujours là, Seigneur.

– Où voudrais-tu qu'il soit, mon enfant? dit-il en lui prenant le bras de nouveau. Nous ne sommes pas restés plus de vingt minutes dans l'église.

– On n'est jamais sûr du temps, Monseigneur, dit la belle. Les chroniques sont pleines d'histoires d'hommes et de femmes entrés jeunes dans un bois pour y entendre un chant d'oiseau et qui en sortant trouvent la neige de l'hiver à la place des floraisons du printemps, découvrent que leurs cheveux sont blancs, que leurs vêtements tombent en loques...

Son propos est si banal que l'homme a un peu honte pour elle et ne fait aucun commentaire. D'ailleurs, son bras et sa main sont pressés contre des suavités qui font que chez lui la vue et même l'ouïe sont momentanément négligés au bénéfice du toucher. Le soleil est chaud en effet, sur le parvis où ils vont et viennent, aussi étroitement joints que sans user de lien des piétons peuvent l'être. Leurs esprits doivent l'être pareillement, si Hugo Arnold a la ferme impression que Miriam Gwen touche à lui comme il touche à elle, sous la caresse du rayonnement dans lequel ils divaguent et que, comme on dit, elle se sent bien par sa présence comme il se sent par la sienne. Trois, quatre, cinq ou six fois, aucun des deux n'en saurait le compte, ils sont allés d'un bout à l'autre de la petite place où d'autres vont aussi, sans se heurter, ni s'effleurer, mais non pas sans se chercher du regard. Ce qui remet en marche, à la façon d'une reprise de courant, l'attention de Hugo, est le fait d'un individu assez singulier qui marche parallèlement à eux, un peu en retrait, mais qui parfois vient à la hauteur de Miriam, sans trop l'approcher, sinon du regard qu'il tient fixé sur elle. Des pieds jusqu'à la tête, l'individu est chaussé d'espadrilles marron clair ou beige foncé, avec des chaussettes assorties; il porte un pantalon de velours à côtes, de la même couleur un peu fécule, un veston du même velours, boutonné jusqu'en haut et qui laisse à peine entrevoir le col d'une chemise de pareille couleur; il est coiffé d'une casquette du même velours à côtes, toujours, enfoncée à cacher ses oreilles, et ce qu'on voit de son visage est à tel point dénué d'expression qu'il paraît n'avoir d'existence que par le ton excrémentiel de tout son habillement. Il ne saurait être que « le velours à côtes ». Ce velours-là s'intéresse-t-il à Miriam? Si oui, tant pis pour lui! Sans lâcher sa compagne, brusquement, il se tourne vers l'individu que du poing libre il menace :

– Vous que je..., dit-il, assez sourdement pour ne pas ameuter l'entourage.

– Non, lui dit Miriam en se dégageant. Je suis sensible à la forme virgilienne sous laquelle s'exprime votre imprécation, mais laissez-moi faire...

Et, comme on dit « à la niche » à un chien, montrant du doigt le portail d'entrée au velours à côtes, d'une voix plus forte que celle de Hugo :

– A l'église, tout de suite... A l'église..., répète-t-elle.

Sans un mot, peut-être n'a-t-il pas l'usage de la parole, l'individu, qui a reculé d'emblée, court à la porte, se mêle à ceux qui entrent, disparaît avec eux.

– Est-ce que c'était un fidèle? demande Hugo, d'un accent point dépourvu d'ironie.

– Non, Seigneur, ce n'en était pas un, répond Miriam, avec gravité.

Il lui reprend le bras, le tient serré davantage. Les voilà repartis.

Ils ont quitté, cette fois, le parvis, regagné le boulevard Saint-Germain, tourné à gauche; ils sont passés devant la bouche de métro d'où ils étaient sortis et ils marchent lentement sur un trottoir qui leur paraît plus fréquenté qu'à ce moment-là. Presque en face des grilles derrière lesquelles poussent quelques arbres et des verdures, devant les arc-boutants et le dos du chœur, un banc à leur vue s'offre, qui par hasard est vide. Déjà, il ne l'est plus entièrement, puisque Miriam a dirigé vers lui d'autorité son compagnon et que tous deux se sont assis. Le lieu, de toute évidence, lui est familier, et Hugo ne saurait se défendre contre un petit tourment d'esprit à l'idée que lorsqu'elle est seule la créature a peut-être l'habitude de s'y mettre dans l'une de ces poses aguichantes qui font partie de son métier de comédienne autant que de l'autre, le moins avouable. Ce banc dont sous les fesses il sent le bois dur n'est-il pas, ne fut-il pas pour elle une trappe à capter les hommes? Mais elle sourit, sans rien dire, et son joli sourire n'engage pas à lui poser des questions inquiétantes. Quant aux hommes, il en est beaucoup qui devant le banc vont, viennent, reviennent, solitaires qui se regardent, se rapprochent et puis se séparent, parfois s'en vont ensemble. Un jeu curieux comme un grand jeu d'échecs où les pions seraient vivants, s'élimineraient, tomberaient au ruisseau ensemble.

– Ils sont amusants, n'est-ce pas? dit Miriam, qui les suit du regard sans le moindre signe de crainte, de respect ou de simple pudeur.

L'un d'eux, qu'elle a peut-être trop regardé, un jeune homme aux yeux bleus mais bien moins vivement que les siens et troubles plutôt, aux cheveux blonds coupés presque ras, au nez épaté sur des lèvres en mouvement continuel comme s'il parlait sans aucun bruit, à la troisième fois qu'il passe devant le banc se dirige vers ses occupants et sans hésitation s'assied non pas à côté de Miriam, comme Hugo pensait qu'il ferait, mais à côté de lui.

– As-tu une cigarette? demande-t-il, en tournant la tête pour regarder son voisin de face.

Quoiqu'il lui arrivât rarement d'en allumer une, Hugo en a un paquet dans la poche de son veston et le lui tend.

– Je n'ai pas de feu, dit-il en s'excusant.

– J'en ai, moi, dit Miriam, qui s'est penchée pour entrer en jeu, elle aussi, et qui a tiré un briquet du nécessaire universel.

Puis, tandis que le blond s'allume, elle ajoute :

– Tu as un beau serpent au bas de la joue.

Alors, seulement, confus de son inattention, Hugo s'aperçoit qu'à l'endroit indiqué, sous l'oreille gauche, le nouveau venu a un tatouage bleu qui figure une tête de serpent dont la langue est tirée en direction du coin de ses lèvres et dont le corps se perd dans une chemise de flanelle rose, peu propre, ouverte largement sur son torse.

– Il est long, dit le blond, fièrement. La queue est tout en bas.

Briquet rendu, il ajoute, à l'adresse de Hugo :

– Je sors de prison...

– Cela ne m'intéresse pas, dit Hugo, à la hâte. Nous sortons tous de quelque chose, où nous étions enfermés.

– Ça intéresserait peut-être la dame de voir le serpent jusqu'au bout, dit le blond.

– Point, dit-elle. J'en ai vu suffisamment, de vifs et de peints, pour être capable d'imaginer comment le tien finit. Il te va bien, mais quelquefois tu regrettes qu'il ne soit pas venimeux...

– Vrai... dit le blond. Alors, c'est tout?

– C'est tout, lui répond Hugo.

Le blond se lève, sourit en montrant des dents limées au milieu de la mâchoire, se perd parmi les autres. Sans parler de lui, à l'initiative de Miriam, tous deux se lèvent aussi, font le tour du banc, se rasseyent de l'autre côté, dos au trottoir, face à la chaussée. Ils étaient trop en vue, ils ont cessé de l'être, mais le spectacle de voitures qui roulent toutes dans le même sens est si fastidieux et si attristant qu'ils ne le supporteront pas longtemps. Déjà Miriam a bâillé longuement, largement, puis ses jolies mâchoires se sont refermées avec un léger bruit de culasse d'arme à feu bien huilée qui ne pourrait donner à un être sensible, masculin ou féminin, qu'une forte envie de l'embrasser. Mais elle a repoussé Hugo qui se penchait vers elle et lui dit :

– Non. Il y a des choses que l'on fait agréablement dans le métro et qui seraient pitoyables sur un banc. Allons marcher un peu sur le boulevard.

Les y voilà, parmi les passants divers entre lesquels se croisent les solitaires de tout à l'heure, dont l'un des premiers à se montrer est le jeune blond qui était venu vers eux.

– On se promène? dit-il.

– Oui, dit Miriam. On se promène.

– Et on ne sait pas où aller... J'ai de bonnes adresses : de la danse en salon privé, ou bien, pour se détendre, une suite de chambres ombreuses avec des fauteuils profonds, une musique douce, des compagnons et des compagnes aimables qui offrent des boissons fraîches, des portes entrebâillées sur tous les plaisirs... Veut-on?

– On ne veut pas, dit Miriam, avec l'un de ses plus agaçants sourires. Tous les plaisirs, nous n'avons besoin de personne pour nous aider à les prendre. Nous ferons tout nous-mêmes.

– Et toi? dit le blond à l'homme.

– Moi, répond-il, avec un mélange de gêne et de fureur, j'ai envie de te casser la tête en commençant par casser ton serpent, et ce n'est que par égard pour elle, qui semble s'amuser à t'entendre, que je n'ai pas encore cogné.

– Calmez-vous, Seigneur, dit Miriam, et surtout n'abîmez pas le serpent. Si vous voulez frapper, que ce soit de l'autre côté.

– Elle est polie et elle n'a pas honte de ses sympathies, dit le blond. Mais toi, je suis bien sûr que je te reverrai. Tu me chercheras quand tu seras seul. Tu sais où me retrouver, en fin d'après-midi, quand il fait beau. Adieu, comme disent les Italiens pour dire à bientôt.

– Adieu, dit Miriam, et elle ajoute, cependant qu'il s'éloigne, que le rendez-vous proposé par la banale locution est assez douteux, sinon assez lointain, pour qu'on ne se refuse pas à employer celle-là.

– C'est d'autre chose, c'est d'un autre emploi, dit Hugo, que je voulais humblement te remercier, belle amie... C'est de celui du futur dans ta phrase à propos de tous les plaisirs : « Nous ferons tout nous-mêmes. » Voilà ce que tu as dit à ce chien, en ajoutant que nous n'aurons besoin de personne pour nous y aider...

Et, sans qu'elle ait eu le temps de l'en empêcher, il se jette à genoux sur le macadam devant ses genoux nus que follement il embrasse, puis met la tête sous la soie de la jupe et embrasse ses cuisses nues, heureux d'être scandaleux en public autant qu'elle et plus qu'elle. Quand il se relève, d'un bond leste, elle ne lui refuse plus rien et bouche à bouche ils s'embrassent, appuyés sur le tronc d'un arbre que la providence n'avait fait croître là que pour donner un solide appui aux baisers, sans doute.

Il ouvrirait bien sa robe et la prendrait bien là comme elle est, debout contre le tronc de l'arbre, d'autant plus que parmi les passants personne ne donne une attention spéciale à leur étreinte, un peu voyante tout de même, sauf un Japonais qui, sur eux, braque un gros appareil pour prendre des photographies de plus en plus rapprochées en poussant de petites notes aiguës qui semblent exprimer de la satisfaction, sauf aussi une fille aux yeux bleus très pâles, aux cheveux blonds très pâles, à l'air de Danoise plutôt que de Suédoise, qui s'est levée d'une table où elle était seule, à la Rhumerie Martiniquaise, pour les applaudir et leur crier « Viva l'amour! » avec un accent probablement scandinave. Approbation qui lui vaudra la récompense de recevoir à sa table un jeune homme venu de la rue, qui s'assied à côté d'elle et lui baise une main qu'elle ne retire pas, tandis que l'objectif du Japonais sans arrêt cliquette entre les pieds et les visages de Miriam et de Hugo, qui finissent par détacher l'une de l'autre leurs bouches furieuses et par sourire, puis rire franchement d'eux-mêmes en s'avouant que dans leur tentative de faire scandale à Saint-Germain-des-Prés, cette fois, ils avaient échoué.

– Je savais et je jouais pourtant bien mon rôle, dit Miriam, et tu m'étais partenaire comme si tu l'avais étudié longuement avec moi. Je te tutoie comme on se tutoie entre comédiens. Point encore pour autre chose.

– Et moi, c'est pour autre chose, belle catin, que je te tutoie depuis le métro. Je crois savoir que j'en aurai de meilleures raisons avant longtemps, dit Hugo.

– Savoir est toujours croire savoir, dans le vaste artifice où nous avons le bonheur de croire que nous existons. Si vraiment tu sais qu'en toute chose tu crois savoir, alors tu n'es pas loin d'arriver à une certaine forme de connaissance, qui est celle que nous avons, nous, les comédiens, les comédiennes plus particulièrement, de n'être que des parcelles d'irréalité dans une irréalité infinie comme le sommeil et comme la mort, dit Miriam, avec un accent de persuasion d'autant plus émouvant que sur ses lèvres le fard écrasé a pris un aspect de déconfiture qui ne nuit aucunement à sa beauté.

– L'universel m'ennuie un peu, ou bien il me préoccupe peu, dit Hugo. Mon souci est de connaître Miriam, dans l'illusion de ce théâtre où se plaît son personnage de comédienne qui s'incarne si aisément en la catin qui le double, et c'est à cette connaissance-là, artifice ou non, peu importe, que je faisais allusion en parlant des raisons que je crois avoir de tutoyer la femme que j'aime.

A la table de la Rhumerie la jeune Scandinave adopte une position plus oblique pour faciliter sa prise en main par le jeune anonyme, et ce faisant elle allonge des jambes remarquablement fuselées, nues entre des chaussettes noires arrêtées sous les genoux et une jupe qui ne va qu'à mi-cuisses. Son corsage est peu boutonné, sa peau est bronzée, ce qui allume étrangement la clarté de ses yeux et celle de ses cheveux flous. Annoncé par une plaisanterie sans doute, que l'on n'entend pas, et par un rire que l'on voit, l'anonyme qui n'a d'existence que par elle se penche sur ce qui manifestement lui est offert et l'embrasse. Alors, le Japonais, qui donnait un regard de coin à la scène, abandonne Miriam et Hugo pour aller photographier là-bas à bout portant. Ses courts sifflements se font plus aigus, plus inhumains.

– Il fait le bruit, dit Hugo, d'un cochon d'Inde que ma mère m'avait donné quand j'étais enfant et qui me suivait partout en sifflant pareillement.

– Celui-ci est un cochon du Japon, dit Miriam. C'était notre spectateur unique. Il nous a quittés pour enrichir sa collection ailleurs. Si je voulais pourtant, il ne me faudrait pas longtemps pour le faire revenir.

– Ne veuille pas, je te prie, fille capable et rare, lui dit l'homme. Il me serait impossible de t'aider en bon partenaire, comme tu disais, dans le spectacle que je sais que tu es en train d'imaginer. Je suis peu exhibitionniste. C'est une solitude qu'il me faut pour t'y connaître comme je le veux.

– Et comme vous imaginez pouvoir me connaître. Prenez garde, Seigneur Hugo, dit-elle, je pourrais être portée à cesser de vous tutoyer pour de bon, si vous vous refusez à jouer le jeu en assidu partenaire. Et si vous ne voulez pas jouer avec moi, je pourrais prendre tout de suite un autre partenaire pour me donner en spectacle devant vous. Jusqu'à des extrémités que vous ne sauriez imaginer...

– Je te tuerais, catin, prononce-t-il gravement, avec un air à la danse de mort pour de vrai.

– Voilà qui est mieux dit, et je crois que je vais vous garder et reprendre le tutoiement, dit-elle. N'oubliez pas, cependant, que sur mon théâtre, si l'on va jusqu'à la mort, c'est moi qui la donnerai, non mon partenaire. Maintenant, je proposerais que nous changions de scène. Vous n'avez pas de préjugé contre les petites rues?

– Un peu solitaires... C'est là, dit-il, que je voudrais être avec toi.

Mais leur départ projeté s'efface devant un singulier spectacle qui, sur la chaussée du boulevard, est donné par une jeune blonde échevelée, à peine vêtue d'une jupe courte et d'une veste sans manches qu'un seul bouton retient de s'ouvrir et qui flotte aux mouvements du corps, tandis que de toute sa force elle court à toute vitesse en traînant une petite voiture, laquelle porte une huche à pain vide que les cahots secouent. Entre les voitures garées et celles qui vont, un concert d'avertisseurs l'accompagne, sans qu'elle y prête aucune attention.

– Qu'elle est belle, dit Hugo. Une Atalante comme celle du musée de Naples, la plus athlétesse du XVIIe siècle italien.

– *L'Atalante* de Guido Reni, si je ne me trompe, dit Miriam.

– Oui, dit-il, mais comme celle du tableau, celle-ci devrait courir nue. Quelles jambes et quelles enjambées! Quelles formes lancées comme des flèches!

– Une courtisane de plus à l'actif de vos admirations, Seigneur, dit Miriam. N'oubliez pas que si Atalante s'était promise à qui la vaincrait à la course, ce n'était que par la certitude qu'elle avait que nul jamais ne courrait aussi vite qu'elle, et que si elle fut vaincue ce fut, selon la légende, à cause de trois fruits d'or massif jetés devant ses pieds par le jeune Hippomène, fruits que la belle putain perdit du temps à ramasser et fut gênée de tenir, à ce que l'on imagine contre ses seins, puisqu'elle ne portait aucun vêtement qu'un léger voile flottant. Sa défaite constatée, elle s'en consola en se laissant violer par son joli vainqueur dans le proche temple de Cybèle, profanation dont la chaste déesse se vengea en changeant le couple en une lionne et un lion de trait pour son char.

– Immortels aussi longtemps que les Dieux, je pense, dit l'homme. Enviable fin après une belle fouterie, n'est-ce pas? Je ne souhaiterais rien de mieux pour toi et pour moi que de nous retrouver en fauves après l'amour, attelés ensemble pour une petite éternité, sujets de choix pour des peintres et des sculpteurs...

– Tout doit disparaître, même si les œuvres d'art ont moins de fragilité que les Dieux, ne l'oubliez pas, prononce Miriam en se détachant avec majesté de son arbre. Mais notre Guido Reni, aujourd'hui méconnu, va revenir en lumière grâce à *L'Atalante* qui n'est pas sortie de votre mémoire et puis au *Rapt d'Hélène* et à *L'Aurore* avec son char vertigineux qui doit être à Rome encore, au Palais Rospigliosi. A-t-on remarqué que de tous les maîtres anciens, Reni est probablement celui qui mériterait le mieux le titre de peintre de la vitesse?

Hugo, cette fois, éclate de rire et dit :

– Mon cœur, tu m'émerveilles. Jusqu'à présent, je ne suis pas absolument sûr que tu sois une prostituée autant que tu le prétends mais, si tu en étais une, tu serais aussi la putain la plus pédante qui se puisse rencontrer. Il y a d'ailleurs une curieuse assonance entre le mot « pédante » et le mot « putain », comme entre « pédant » et « pédale ». De même, les expressions « conseiller culturel » et « exhibition de la culture » ont un certain écho d'allusion au monde sexuel qui s'entend derrière les mots. Nous vivons dans un monde où toutes choses tournent autour du sexe.

Agréable à ouïr, s'entend le rire de Miriam, puis elle dit :

– N'est-ce pas vous qui ne pensez qu'à votre sexe?

– J'espère au moins te le faire voir avant que le jour ne tombe, a-t-il répondu comme on renvoie une balle.

– Nous sommes à moins d'un mois de la

Saint-Jean, dit-elle, plus tranquillement; les jours sont déjà longs et vous aurez tout le temps de me montrer votre orgueil. Atalante a disparu, qui vous avait fait oublier les petites rues. N'auriez-vous plus envie de nous y perdre?

– Allons nous égarer dans les basses ruelles, répond-il. Où tu iras le bouc te suivra mon agnelle.

– S'il vous plaît de voir en votre servante une jeune brebis, c'est un masque de bélier qu'il vous siérait de prendre, Seigneur Hugo, dit la belle créature. A la chèvre va le bouc.

– Et à la femme si une fois elle n'a pu empêcher de se laisser faire. Tu pourrais en savoir quelque chose, dit-il.

– La catin et la comédienne, par la grâce de l'artificiel, ne bénéficient-elles pas toutes deux et en toutes choses du préjugé d'innocence, dit l'intéressée, avec un beau regard de béate qui la met en valeur, comme elle sait? Marchons donc...

Quelques pas éloignent le couple de la terrasse de la Rhumerie où rien n'est notable sinon que la Scandinave et l'anonyme sont passés des caresses à la conversation, indice d'une union qui pourrait être bientôt consommée dans un lieu moins public. Miriam, sans plus s'intéresser aux passants du boulevard, tourne rapidement à droite et s'engage dans l'étroite rue de Buci. Au milieu de la chaussée, son compagnon rapidement la rejoint, la saisit à la taille, lui met un baiser sur le cou, que pour plus gentiment recevoir elle lui tend avec son oreille nue, dans laquelle il murmure :

– Viens à l'hôtel avec moi... Maintenant... Tout de suite...

Plaisamment touchée par les mots autant que par les lèvres, elle a un rire court, puis :

– J'ai sur toi d'autres desseins, ami, prononce-t-elle, d'un ton doux qui laisse entendre combien elle se plaît à ses mots qui n'ont rien d'hésitant. Je vais t'emmener dans un petit coin de paradis terrestre, dont j'ai la clé.

– Chez toi?

– Pas chez moi, non, dit-elle. J'ai une grande amie, ma supérieure en toutes choses, qui se nomme Sarah Sand et qui possède un merveilleux foutoir qu'elle me prête, comme à quelques autres de ses suivantes, pour recevoir l'homme. Tu verras!

A tout il s'attendait, à un accord subit, à remise à plus tard, à des jeux de coquette, au refus même, sauf à l'étrange proposition qu'il vient d'entendre et à l'entrée en scène dans ce qui se jouait de cette étrangère au nom singulier. Ce qu'il ne peut s'empêcher de dire, quoique repenti avant la fin de la phrase, est :

– Sarah Sand, qui est-ce? Encore une Juive?

– N'est-ce pas une manie chez toi, mon pauvre ami, probablement parce que tu appartiens aussi audit groupe ethnique, de t'enquérir à propos de toutes et de tous si elles ou ils sont juifs? Sarah l'est un peu plus que moi, si je ne me trompe, et c'est la moins remarquable de ses qualités. Tu jugeras sur place, en peseur de sang, comme les sujets du Roi David.

Ils ont fait quelques pas de plus parmi les passants ordinaires qui, sans être nombreux, suffisent à animer la ruelle et l'homme, grisé toujours au souvenir de la nuque rasée de près et parfumée au bas d'une coiffure que l'on appela « à la victime », tente de revenir à son agréable occupation de tout à l'heure, quand il sentait la femme céder à sa caresse avec autant de bonheur qu'il en avait à la frôler des lèvres sous l'oreille et de la main ouverte à la naissance de l'épaule; mais cela ne remplit que quelques longues minutes et il faut bien revenir à la station provisoire dans laquelle le couple s'est abandonné à de tendres prémices, avant de se diriger dans une nouvelle direction, suivant la volonté que vient d'exprimer Miriam.

S'est-elle dressée sur la pointe des pieds (la semelle des sandales étant assez souple pour s'y prêter), non pas comme sur ses ergots un coq de combat mais l'un de ces grands dindons mâles de la nouvelle espèce volailleuse qui feraient peur à un paysan même quand dans les campagnes ils s'avancent hors du troupeau de leurs femelles? On le dirait, et Hugo se sent dominé par quelque chose de beaucoup plus puissant que lui, qui apparaît par intervalles seulement, dans cette femme aimée qu'il voudrait mettre à bas, plier sous son étreinte, et dont il n'a pas compris si elle se joue de lui, si elle joue avec lui un double jeu à deux intrigants personnages, ou si elle s'apprête à lui offrir enfin le délicieux jouet qui serait elle-même en figure d'amoureuse. Cependant, en silence, elle le pousse sur le petit trottoir et l'y suit, car derrière eux une voiture a démarré, qui va sortir de la ruelle. Persistant le silence, les mains d'elle et de lui s'étant rejointes, la domination de la femme décroît dans la conscience de l'homme qui, lorsque s'est éloigné le véhicule, reprend son assurance et revient à l'idée que c'est surtout d'une comédienne un peu plus galante et savante que les autres qu'il s'est entiché. Sans hésiter davantage, il lui pose la question que depuis qu'elle s'est tue il avait sur les lèvres :

– Ta présidente, cette Sarah Sand dont tu vas me parler, j'espère, où crèche-t-elle? Est-ce loin?

– Le foutoir de Sarah Sand n'est pas son

domicile, lui est-il répondu avec une hauteur point dénuée de grâce. « Foutoir » est un mot français, usé par Apollinaire, entre autres, et je pense que tu sais ce qu'il signifie. Quant à son vrai domicile, ni moi ni ses autres petites familières ne savons ni n'avons cherché à savoir où il se trouve. C'est dans son foutoir que nous sommes reçues, seules le plus souvent ou quelques-unes à la fois, et à l'invitation que d'elle nous avons reçue quelques jours à l'avance je crois qu'aucune de nous n'a jamais fait défaut. Si nous avions pris un autre rendez-vous, nous nous excusons d'une impérieuse raison que nous avons de ne pas nous y rendre. Nous recevons parfois aussi l'avis que le foutoir est à la disposition de telle ou telle de nous à des dates qui nous sont communiquées, et nous cherchons à en user au mieux de notre intérêt et de sa gloire. Pour ton information, j'ajoute que Sarah Sand n'est pas notre présidente, comme tu disais avec un peu d'ironie, mais que, d'une façon que je ne suis nullement capable d'expliquer, son rôle vis-à-vis de nous serait plutôt celui de la plus sublime amie qui se puisse imaginer, d'une très puissante protectrice grâce à des complicités politiques qu'elle a dans tous les partis, ceux qui sont au pouvoir actuellement comme ceux qui demain leur succéderont peut-être, d'une grande prêtresse ou d'un chef de groupe dont l'autorité tant spirituelle que matérielle est indiscutable. Je l'aime d'un amour sacré et d'un amour profane infinis l'un et l'autre, comme on adore un Dieu qui serait une Déesse, veux-je dire, ou comme on chérit une amante unique dans le temps et dans l'espace. Je lui suis soumise comme une bête à sa maîtresse et jamais je n'aurai d'autre maître. De cela, au moins, je suis sûre.

Abasourdi (comment ne le serait-il pas) par la profession de foi de Miriam, Hugo ne sait quoi répondre, ce qui le pousse, comme il était conscient d'en courir le risque, à des propos qu'il eût mieux valu laisser à l'état de pensée inexprimée :

– Alors, dit-il, tu as dû recevoir de ta sublime amie une invitation à user à ton gré du mystérieux foutoir aujourd'hui et, si nos regards ne s'étaient rencontrés dans le métro, si je n'avais baisé ta main au moment où tu descendais, tu serais sortie à *Saint-Germain-des-Prés* et tu aurais montré sur les trottoirs du quartier ta beauté fardée à neuf pour piéger les hommes, jusqu'à ce que tu en aies trouvé un qui fût à ta convenance et que tu aurais emmené dans l'endroit destiné à la consommation du plaisir.

– Exactement, Seigneur, à part un petit détail qui est que je ne me serais peut-être pas limitée à un seul visiteur. Malgré la concurrence des libérés de cabane, vrais ou faux, et des jolis tatoués, tu as pu constater que ta présente compagne ne passe pas inaperçue à Saint-Germain-des-Prés, qui d'ailleurs est un quartier où ni les gens de la police ni ceux du milieu ne s'intéressent trop à vos actes et gestes. Je suis contente de voir que tu ne te fais pas d'illusions sur la solidité de notre union. Ce qui doit être nouveau pour toi, si tu es capable de le comprendre, est qu'avec toi, comme il aurait pu se faire avec les autres, la conduite de Miriam n'est commandée que par la volonté de l'invisible Sarah Sand, son exigence même. La mise en gloire de Sarah Sand ne peut être qu'orgiaque.

Ce sont bien des nouvelles, qui ne sont pas toutes de nature à réjouir le Seigneur Hugo, mais on pourrait commencer, se dit-il, en profitant des bonnes et en laissant de côté les autres. Que le sourire de Miriam, qui accompagnait chacun de ses dires, lui eût paru souvent la manifestation d'une cruauté gourmande, il faudrait négliger cela aussi, qui n'est pas rassurant, tant pis, car son désir présent est irrésistible et son unique vœu est d'être conduit là où auraient été conduits ceux qui se seraient présentés à elle si elle s'était promenée seule. Oui. Et le plus vite possible.

– Emmène-moi donc au foutoir comme si

m'avaient attiré vers toi les turquoise vives de tes yeux et celles de ton cou, dit-il, et comme si ce fût ta volonté et celle de la grande Sarah Sand que je vinsse avec toi. Que soit faite la volonté de la femme et que cède la vanité de l'homme. Je consens à tout...

– C'est bien ainsi que je l'entends, en bonne suivante des commandements de ma maîtresse, dit-elle. Au moment voulu, plus tard, il y aura peut-être un retournement où pourra s'épanouir la vanité virile, que je ne hais pas malgré un certain goût que j'ai de la vexer. Suis-moi donc, comme si j'étais ton Virgile et ton guide.

– Pensant au domicile de Sarah, tout à l'heure, je t'avais demandé si c'était loin. Tu n'as pas le droit de savoir où habite ta maîtresse, m'as-tu dit. Pour aller au foutoir, je répète ma question. Nous pourrions prendre un taxi, dit-il.

– Non pas, dit-elle. Tu marcheras, et nous n'irons que quand tu seras assez désorienté pour ignorer où tu te trouves. L'adresse du foutoir doit être un mystère pour toi, et le rester, par ta volonté même, qui devra être de tout oublier de la topographie de là où je t'aurai conduit, quand tu en sortiras seul, après avoir quitté Miriam. Bien entendu, il serait mieux de te bander les yeux et de t'escorter de même au retour, ce qui pourrait se faire en te faisant passer pour un malade ou un infirme, mais il y aurait de la complication dans l'exécution du plan et, suivant l'exemple de Sarah Sand, je n'aime pas mentir. En outre, si en un peu plus d'une heure je suis devenue, comme il semble que ce soit, l'essentiel de ton existence, tu m'obéiras, et tu ne seras pas plus curieux au retour qu'à l'aller. Par simple prudence aussi, car tu auras retenu quelque chose de la puissance vraiment surhumaine de Sarah Sand et tu seras un peu conscient, j'espère, de ce que l'on risquerait à ne pas respecter ses secrets. Et si, selon tes mots, tu consens à tout, je pense que tu ne seras pas rebelle à la première exigence sérieuse que tu rencontres. Tu fuiras dorénavant des yeux les plaques indicatrices des noms de rues. Elles sont interdites à ton regard.

– Dame de mon désir, dit-il, j'obéirai d'autant plus facilement que j'ai la vue un peu faible, tandis que ma distraction et ma volonté sont fortes. Quand tu m'en donneras l'ordre, je marcherai.

Le sourire de Miriam s'est accentué, avec un certain frémissement dans les coins de ses lèvres, indice d'une nervosité qui est peu rassurante, quoique au contact redevenu furtif de la main de l'homme son beau corps ne se refuse pas.

– Allons, dit-elle. Il est temps d'en venir à ce que nous avons toi et moi dans la tête.

On part. Elle va devant, doucement, et il va derrière elle car les trottoirs sont trop étroits pour y cheminer à deux de front. Au carrefour avec la rue de Seine, après lequel la rue de Buci fait un coude, Miriam oblique à gauche et descend vers le fleuve. Puis, après la rue Jacob et la rue Jacques-Callot, qui eût mené directement chez Nora Nix, dont les belles robes de Fortuny sont tombées comme autant de déchets dans le passé de Hugo Arnold sans avoir jamais pris pour lui dans aucun présent la moindre existence, elle tourne à gauche avec brusquerie, dans un plus étroit et plus sombre boyau.

– Tu n'es pas suffisamment égaré pour ne pas reconnaître la rue Visconti, appelée jadis, à cause de ses habitants sujets à la persécution, rue aux Huguenots, dit Miriam. Voici la maison de Bernard Palissy, alchimiste sans doute autant qu'émailleur et protestant aussi fièrement que Sarah Sand est mosaïque. Devant le 16, où vécut Adrienne Lecouvreur, qui recevait là son amant le Maréchal de Saxe, tu auras licence de m'embrasser comme tu voudras. Comédienne à succès, grâce à sa voix voluptueuse et voilée, elle était si peu courtisane qu'elle vendit ses diamants pour entretenir le glorieux Maréchal...

Au bon endroit, Miriam s'est retournée vers lui, avec un sourire qui est engageant cette fois. Il la pousse contre le mur de la maison ancienne, la presse contre lui et des deux mains et de la bouche prend du plaisir et lui en donne pendant un long, très long moment. De la permission reçue, il profite, avec respect cependant, pour ne pas nuire à ce qu'elle a promis qu'ils vont connaître un peu plus tard dans le merveilleux foutoir. Autrement dit, il la traite comme une jeune fille qui s'est mise en état d'être violée et que l'on ne violera pas illico, malgré tout le désir que l'on en a et qu'elle partage probablement. Il s'est d'un rien détaché d'elle. Elle se dégage et dit, en se rajustant :

– A quelques maisons d'ici, dans un logis situé sur la cour, en 1699, Racine est mort.

Sotte et stupide, une plaisanterie est sur les lèvres de Hugo. Celle-ci : « Il se serait senti rouillé s'il avait mis le pied dans le XVIIIe siècle. » Par bonheur il ne l'a pas prononcée. Crainte du jugement de Miriam? Peut-être. Mais elle lui dit encore :

– A partir de maintenant doit commencer ton égarement. Tu dois aller comme en fermant les yeux, en te fiant à celle qui te guide et qui veillera à ce qu'il ne t'arrive rien de fâcheux. Tu dois regarder au fond de toi-même pour oublier tout de l'espace urbain dans lequel je t'emmène. Tu dois perdre la conscience du monde extérieur, comme un mystique en quête d'une vision transcendante.

Séducteur, il croyait la partie engagée, la femme prête à tomber sur le dos et à s'ouvrir quand il le voudrait, tout de suite s'il le voulait, sur le sol d'une courette, mais non, et ce à quoi il va falloir se plier maintenant va être une longue (probablement) marche de désorientation et d'aveuglement volontaire au bout de laquelle s'ouvrira peut-être, si Miriam lui tient parole, la porte de ce petit coin de paradis qu'elle lui a promis et dont elle sera le beau fruit offert à ses faims. Derrière elle, qui l'a pris par le bras, puis qui le tient par la main, il marche en cherchant à s'aveugler sans fermer les yeux qu'à demi et sans rien voir que ses pieds qui vont maladroitement, comme ceux d'un automate que mènerait sa maîtresse. Tel beau mot de maîtresse, qu'à tort et à travers emploient les hommes pour dire d'une femme qu'elle leur a cédé, le voilà qui reprend sa signification véritable par le fait de Miriam, qui sans lui avoir rien accordé que des avances prometteuses le tire derrière elle et le conduit selon son caprice en tournant et en retournant, semble-t-il, dans un espace restreint où il n'y aurait que rues étroites et ruelles. Pour traverser une voie plus importante et non dénuée de circulation, comme on l'entend au bruit des moteurs, elle lui a repris le bras tandis que de l'autre main elle faisait signe aux conducteurs, ainsi que pour aider au passage d'un infirme. Puis elle l'a relâché, l'a poussé un peu, l'a remis sur ses traces. Ce qu'il se donne licence d'apercevoir (car en obéissant aux ordres de sa Dame, c'est sa volonté propre qui continue à ordonner ses mouvements) est le pavement des trottoirs, dalles ou revêtement asphalté, sur lequel battent ses souliers avec un bruit qui résonne aussi dans sa tête comme un dialogue repris à perpétuité entre son pied gauche et son pied droit, galériens soumis à une nage bien rythmée, commandée par un ravissant chef de chiourme qui n'est autre que la femme à laquelle il doit et veut obéir, comme on dit, aveuglément, pour mériter la récompense qui est le seul objet de sa pensée. La notion de temps a cessé d'exister en lui avec celle de l'espace, et il ignore autant depuis quand vont ses pieds qu'où ils sont allés, dans quel sens ils ont été dirigés. Miriam ne lui a plus fait entendre sa voix depuis son commandement formulé sans indulgence. Simplement, elle va, en s'assurant qu'il est bien à la traîne, comme il doit être, et que ses yeux mi-clos ne cessent pas d'être rivés au sol. Les odeurs qu'il a pu sentir depuis le début de son égarement, parfums ou puanteurs quelquefois, ne lui ont pas donné la moindre indication sur les endroits où il était mené. Dépourvu de flair, au contraire d'un chien ou d'un chat, il se félicite d'être si bien perdu et se dit « je ne suis pas une bête ». S'il va déboucher sur un monde vraiment neuf, retomber dans le monde ancien, peu lui importe. La vérité serait plutôt qu'il n'a souci que de n'être pas éloigné de Miriam.

Enfin, celle-là ralentit le pas, s'arrête et l'arrête aussi, le pousse contre un mur dont il reconnaît qu'il est de pierres vieilles, comme les constructions de la rue aux Huguenots et la plupart de celles d'un quartier duquel il a toutes raisons de penser qu'il n'est pas sorti et qu'il n'a fait qu'y errer de-ci, de-là, les yeux au sol, docile à l'aveuglement imposé. Ecartant de peu la tête de la maçonnerie, quand il commence à recouvrer son pouvoir oculaire il distingue une curieuse grille en forme d'octogone étoilé régulier qui occupe la moitié supérieure d'une porte très noire, et sur ses huit branches il voit courir les doigts de Miriam d'une pointe à l'autre, comme si sur cet étrange instrument elle jouait quelque musique que l'on n'entendrait pas... Mais elle a vu qu'il regardait ce que probablement il n'avait pas le droit de voir, car d'une main posée sur le dos de son crâne elle lui a rabattu sans douceur le front contre le mur; ensuite de quoi elle reprend son doigté subtil sur la grande étoile, qui fait entendre, maintenant, une série de cliquetis comme produits par le fonctionnement d'organes mécaniques bien huilés. Quand cela cesse, après un bref intervalle silencieux, on entend une sorte de roulement continu, juqu'à un choc qui met fin aux rumeurs; Miriam alors caresse de la main la nuque de celui qu'elle vient de maltraiter et lui dit simplement :

– Viens. Nous sommes arrivés. La porte est ouverte.

En effet, la porte noire, qui doit être toute de fer comme la grille et le reste, a tourné d'un quart de cercle en laissant libre passage à la femme et à Hugo Arnold, qui se retrouve, quand il a fait quatre pas, dans le carré exact d'une cour aux petits pavés polis et brillants comme un luxueux carrelage, entre les murs de la façade, des ailes et de la conciergerie d'un joli hôtel particulier qui a dû être surélevé après deux à trois siècles d'existence. Derrière eux, la porte se referme avec un automatisme dont la lenteur et la précision ont un caractère que l'on dirait implacable.

Hugo, qui se dirigeait vers le portail de la façade, est arrêté par la main de Miriam, qui lui dit :

– Non. Suis-moi et sois attentif. Tu es sur un terrain dangereux.

C'est vers une porte basse, au coin de l'aile gauche, qu'elle l'emmène, et sur un carré noir au centre du panneau qui paraît avoir été coupé dans un morceau unique de grand conifère elle se remet à pianoter (pense Hugo), avec une rapidité qui dans la mémoire déjà faible du spectateur ne peut laisser aucune trace, d'autant plus que le carré, à la différence des codes en usage un peu partout pour défendre les portes, ne porte aucun chiffre, aucune lettre, aucun signe, mais que c'est sur le bois nu que courent les doigts de la femme en pressant ici et là sur des touches invisibles dont elle connaît le secret. D'un grand coup de l'index elle achève son jeu, reculant d'un pas, et devant elle et Hugo, lentement, la porte s'ouvre, s'immobilise, perpendiculaire au mur.

– Décidément, ma beauté, dit Hugo en portant la main sur le cou et l'épaule de Miriam, tu possèdes un art de toucher auquel nulle porte ne résiste. Voyons comment tu ouvriras les prochaines.

– Il n'y en aura que deux, et ce sera plus simple. L'on dit que je ne suis pas malhabile à toucher... Cependant, pour être capable de commander aux deux premières, j'ai dû me plier à une longue initiation, que j'ai acceptée avec patience et plaisir. Maintenant, Seigneur, quand vous aurez passé ce seuil vous serez le vainqueur du jeu que nous avons entamé dans le métro, et je deviendrai votre vaincue, selon le commandement de Sarah Sand qui me livre à vous. Il convient donc que pour un temps au moins je renonce à tutoyer mon maître.

Ce disant, Miriam s'écarte et fait entrer Hugo dans une petite pièce exactement carrée comme était la cour mais dont le plancher, les quatre murs et le plafond sont d'un bois rouge sombre, raboté et ciré comme était la porte, qui exhale une forte odeur de résine par l'effet de laquelle, ainsi qu'en forêt, on a l'impression de respirer mieux. Un seul siège s'y trouve, façonné du même bois et tapissé de cuir brut, placé au centre du plancher. Etourdi un peu par ce qu'il vient d'entendre, Hugo s'y retrouve assis, à l'instigation de Miriam, qui s'agenouille devant lui et met un baiser rapide sur chacun de ses souliers.

– Cette Sarah Sand? interroge-t-il.

– Sarah Sand serait satisfaite de mon comportement avec vous jusqu'ici, mon maître, reprend Miriam. Nous venons d'entrer chez elle, nous échangeons des répliques comme si nous étions sur son théâtre, son foutoir est en haut de l'escalier en colimaçon que vous allez monter avec moi, quand j'aurai ouvert la troisième porte. Déjà, mon rôle a été de me rendre à vous sans condition, toute résistance étant impossible, et de m'offrir à être dorénavant votre captive pour tout ce qu'il vous plaira de faire de moi, de me faire ou de me faire faire. Ainsi est la règle de soumission, dont les amies de Sarah Sand doivent savoir donner représentation sur une scène autant qu'accepter l'application sur leur peau.

Tout en parlant, toujours agenouillée, Miriam a défait le troisième bouton de son corsage et elle s'est penchée jusqu'à placer sa tête entre les genoux de Hugo, qui les a resserrés sur ses oreilles en jouant de la main avec la fermeté magnifique, déjà mise à l'épreuve, des seins nus de sa captive. Quand il desserre l'étreinte et qu'elle relève la tête, une larme perle, puis coule de son œil gauche sur sa joue, ce dont elle sourit, tandis qu'il rit, presque fier d'en être la cause.

– C'est pour le théâtre que tu as appris à te faire venir la larme à l'œil, catin, dit-il. La comédienne, la courtisane, le poète, trio de l'école des pleurs, n'est-ce pas?

– Nous n'en avons que trop parlé, Seigneur. Pour ce qu'elle appelait mon éducation, Sarah Sand me lisait des passages de l'un des plus anciens poèmes qui soient : *L'Iliade,* dont elle trouvait d'ailleurs assez ridicule le masculinisme perpétuel. Les exemples qu'à partir de ces aimables leçons elle proposait à son élève étaient généralement ceux de Chryséis, fille de

Chrysès, prêtre d'Apollon dans la cité troyenne de Lyrnesse, et de sa cousine Briséis, fille du frère de Chrysès. Capturée par Achille et la soldatesque hellène pendant la chute et le sac de la ville, Chryséis fut offerte en captive à Agamemnon, chef de l'armée, tandis qu'Achille recevait Briséis, qui ne résista point à se laisser mener sous sa tente, quoique, selon certains commentateurs, il eût été le meurtrier de son gentil époux ou de son respectable père. Plus tard, Agamemnon, obligé de rendre à Chrysès sa fille, dont il semble avoir usé au point de lui faire un rejeton, reçut Briséis en échange, ce qui motiva la fameuse « colère d'Achille » et le début de *L'Iliade*... Belles princesses troyennes, si promptes à accepter ce que Sarah Sand nommait le charmant état de vaincue et à faire leur soumission au maître auquel on les attribuait demi-nues sous leur tunique légère, les mains liées peut-être, puis dévêtues de tout sauf de quelque bijou que leur laissait le maître pour son plaisir autant que pour leur fierté de prisonnière, voici ce que tant de fois j'ai entendu, avec le récit du combat et de la blessure de Vénus pendant la guerre des Dieux. L'élève était allongée sur un tapis de peaux d'agnelles, les mains attachées au-dessus de ses cheveux épars. La maîtresse, assise devant elle, la caressait de la pointe d'un fouet, objet de son point de vue indispensable à toute forme d'enseignement. Mais il est temps de prendre la double clé de l'une et de l'autre portes. Mon maître aura, je crois, de l'intérêt à la voir, car c'est un bel objet.

Sans se relever de la pose où elle s'humilie, Miriam reprend le fidèle nécessaire, tandis que Hugo, légèrement ahuri de se voir ainsi promu au rôle de guerrier vainqueur célébré dans *L'Iliade,* lui dit, comme en s'excusant :

– Je ne pouvais occire ton gentil mari puisque tu n'en avais pas, ma douce enfant. Autrement, crois-moi, j'aurais eu du plaisir à l'expédier, ne serait-ce que pour chatouiller tes sens en te faisant tomber encore plus bas sur le mol édredon d'un désespoir dont l'on ne revient pas, comme te laissait entendre Sarah Sand. Quant au fouet dont elle flattait ton épiderme, j'en approuve assez l'usage, et si, comme il serait probable, ta cassette en contient un, je ne serai pas opposé à m'en servir. Sarah Sand à part, dis-moi, as-tu vraiment la ferme persuasion que tu es ma captive?

– Cette persuasion délicieuse qui était le but du long cheminement que nous avons fait ensemble, dit-elle, je l'ai vrillée dans mon âme et vous allez tout à l'heure me la vriller dans le corps, puisque derrière vous je suis sur le point de monter la spirale qui ne conduit qu'à votre tente, ou à ce qui en tient lieu au temps non pas d'Homère mais de Mishima, et où vous allez m'étendre et jouir de ma soumission.

– Soumission totale, sans la moindre réticence? dit-il.

– Vous le savez bien, Seigneur, répond-elle. Je viens de vous en donner l'engagement.

– Ah, dit Hugo, c'est que j'aime à t'entendre me le dire et redire. Je n'en aurais jamais assez! Les amants se repaissent de ces promesses comme les Grands Supérieurs de prières. Voyons donc ta spirale et son aboutissement spirituel et charnel.

– Il faut une clé, vous le savez aussi, je pense, pour ouvrir la porte du départ, et une autre pour la porte de l'aboutissement, dit-elle. Voici la double clé, projetée et décorée suivant les instructions de Sarah Sand.

Et elle sort du fond de la cassette une double clé véritablement, dont les deux pannetons, chacun à une extrémité, sont d'acier brillant, avec des museaux d'une grande complication, tandis que la poignée centrale, en bronze doré, figure un corps de femme aux bras allongés et aux mains jointes, coupé au cou et à la naissance des cuisses, étroitement enserré dans les quatre nœuds d'un gros serpent écailleux dont la petite tête pointue effleure le point où les cuisses se seraient séparées. Bel objet, sans aucun doute, et dont la vue, comme l'espérait Miriam, donne à l'homme autant de curiosité que d'admiration. Alors elle se met debout d'un léger bond, elle brandit au-dessus de sa tête la double clé, qui pourrait, pense Hugo, devenir une arme point inoffensive si dans une de ses sautes d'esprit qui semblent lui être coutumières elle se repentait de promesses faites peut-être à la légère. Promenant les yeux sur la boiserie partout égale des six plans entre lesquels est contenue la pièce où il se trouve avec Miriam, et qui pourrait être une antichambre, il n'y voit la trace d'aucune autre porte que celle par laquelle ils sont entrés, mais son désir l'a conduit à une croyance absolue pour tout ce qui est prononcé par une si belle bouche, raison pour laquelle il ne s'étonne pas de voir sa compagne atteindre en cinq pas un peu plus allongés que les siens d'ordinaire un coin sombre de la pièce. C'est là, évidemment, l'endroit de ce que la savante bouche nommait la porte du départ, comme il lui apparaît quand en s'approchant il distingue dans le bois une fine coupure qui entoure un panneau plus étroit et moins haut que celui de la porte d'entrée. Une petite ouverture s'y trouve, presque invisible serrure, dans laquelle, avec une douce fermeté, la belle main introduit l'un des museaux de la double clé pour lui donner une simple pression, dont l'effet est de provoquer l'ouverture d'une porte basse qui ne montre d'abord qu'un arrière-plan très sombre. Puis, lorsque Miriam, pleine d'un zèle qui, par bonheur, n'est pas pour nuire à son charnel attrait, prend Hugo par la main et gentiment le pousse au seuil de la porte basse, il voit que c'est là l'origine de l'escalier tournant qu'on lui a promis et qui ne reçoit un peu de lumière que de tout en haut. Il est entré, Miriam le suit et tire derrière eux la porte, sans la refermer à clé, ce dont il n'ose demander pourquoi. Les murs ronds sont boisés comme tout le reste, l'escalier est tout en bois assez massif de couleur brun foncé, il tourne autour d'une colonne de fer dont le froid sous la main dénonce la nature, il est dépourvu de rampe à l'extérieur et son aspect autant que son élévation ont un caractère cruel que ne présentent pas les souterrains des stations de métro les plus mal famées. Hésitant à s'y engager, Hugo, quand il se retourne, voit que Miriam, qui s'est déchaussée, est en train d'enfermer ses sandales dans son nécessaire.

– Montez, Seigneur, lui dit-elle. Votre captive et servante vous suivra nu-pieds, non pour assurer son pas mais parce que ce début de dépouillement dans l'ascension qu'elle fera derrière son maître convient à l'humilité de son rôle. L'escalier en caracol n'est pas dangereux si vous êtes attentif à vos pieds et au fait que les marches gironnées sont très étroites autour de la colonne, très larges à l'extérieur. Ainsi l'a voulu Sarah Sand, pour la raison, disait-elle en riant, que la femme s'adapte à la spirale sans effort et ne choit jamais, tandis que l'homme, maladroit par nature, se prend les pieds dans l'étroit, lâche la colonne, va dans le large pour ne pas trébucher, cherche des mains une rampe dont il sait pourtant qu'elle n'existe pas, finit souvent en capilotade. Allez donc doucement, en vous tenant à la colonne mais sans marcher trop près d'elle.

– Ne crains pas, répond Hugo. Ton chaud parfum, que je sens derrière moi, me protégerait de tout trébuchement, et je n'ai même pas besoin de la colonne. C'est ailleurs, et tu sais sur quoi, que je veux mettre les mains... Mais pourquoi ton escalier va-t-il si haut sans palier intermédiaire?

– Le caracol, dit-elle, est dans une tour extérieure au corps de l'hôtel et qui fut construite plus tard, pour aboutir à un quatrième étage qui est une surélévation, postérieure elle aussi. En bas de la tour, c'est la nuit ou presque. Mais dis-toi bien qu'avec effort et quelque menu risque tu es en train de t'élever vers le grand Soleil, ou tout au moins vers la Folie particulière, la maison de plaisir, d'une vraie Fille du Soleil et de ses suivantes, dont la préférée te dirige en marchant sur tes traces.

– Puisqu'il en est ainsi, dit Hugo, il sied que mes pieds soient nus comme les tiens dans l'ascension; il faut que là-haut je sache et puisse te faire l'amour comme un frère le fait à sa sœur. Arrête-toi un moment.

Avec une vivacité retrouvée, qui lui donne l'assurance de son équilibre, il enlève l'un de ses mocassins, puis l'autre, puis il arrache ses chaussettes de coton marron et les fourre dans une poche de son veston.

– Voilà, dit-il. Je suis prêt. Montons.

– Attends, lui dit-elle. Si je suis pour toi ce que tu dis, jette tes souliers en bas de l'escalier.

A l'instant, il obéit, puis repart vers le haut, vers la lumière. Longue est l'ascension, plus facile, cependant, que l'on n'aurait pensé, une fois que l'habitude des marches est prise, et de toute évidence la nudité des pieds donne de l'aise à l'épreuve.

– Attends-moi encore une minute sans regarder derrière toi, entend-il qu'elle lui dit. Tu as jeté comme à la mer ta chaussure avant de saisir Miriam, pour être pieds nus comme elle. Au contraire de toi, elle va se ceindre d'un petit serpent de la couleur que tu aimes, pour que tu la défasses de cet ajout quand tu la saisiras tout à l'heure.

Le bruit de fermeture de la cassette a résonné en dessous de lui, et il a senti la main de Miriam qui, sur son épaule droite, se posait, main qu'il a portée à sa bouche pour la baiser, en signe d'avidité courtoise, puis il a pensé que la femme devait s'être ceinte et il se remet à monter. L'on ne cesse de tourner, dans le caracol, sans voir jamais, quoique l'on soit sorti de la zone obscure, la moindre solution de continuité dans la boiserie qui pourrait indiquer que l'on passe un étage. De son baiser à la main dans l'ombre, il pense que dans le métro c'était ainsi que tout avait commencé; du petit serpent ou de sa couleur il ne pense rien et va en regardant ses pieds, attendant d'être en haut pour se retourner, puisqu'il semble que c'est ainsi qu'elle veuille être traitée. Ce qui est surprenant est que l'on fasse aussi peu de bruit quand on monte un escalier pieds nus. « Je monte comme un voleur », s'est-il dit avec quelque agrément, en pensant qu'il avait enlevé une femme et que son charnel butin le suivait docilement dans l'ascension de la spirale, issue de la nuit et dirigée vers la lumière supérieure. Renforcée, celle-là, à chaque pas du couple, elle croît. Est-ce trois ou quatre tours qu'ils ont parcourus, se demande-t-il, tandis qu'il se rappelle avec certitude que le serpent enroulé autour du corps féminin de la double clé le serrait de quatre anneaux. Nul rapport, bien entendu. Et pourtant, dans l'aventure de Miriam, tout ne paraît-il pas s'enchaîner, s'imbriquer? Mais il arrive aux dernières marches, sur une petite plate-forme construite ou boisée du même bois toujours, du plancher à une courte rampe devant le vide, à la paroi où se trouve une porte basse en tout pareille à celle qu'il vient de franchir et qui, selon Miriam, était la porte du départ. Quant à la toiture, c'est une verrière qui laisse entrer la lumière et la chaleur du jour. Dos à la rampe, Hugo attend sa suivante, qui se met face à lui, debout contre la porte. Alors il voit la ceinture dont elle a serré sa taille et qui, en effet, est une mince courroie, presque une lanière, de peau de serpent teint d'un éclat bleu qui répond exactement aux turquoises minérales de son cou et aux turquoises vives de ses yeux. Merveille! Il s'approche d'elle, qui lève les bras au- dessus de la tête, et déboutonne les deux derniers boutons de la robe noire, le quatrième et le cinquième, entre lesquels passe le serpent bleu qui seul tient encore fermé le vêtement. Elle sourit de ses belles dents très blanches, tirant, puis rentrant vite, un infime bout de langue rose. Tellement offerte que l'on pourrait clouer ses mains sur la porte, a-t-il pensé fugitivement. Mais de l'offre il ne profitera en rien car la porte sur laquelle son dos s'appuie, il le sait, est la dernière du long chemin que depuis le métro Saint-Germain-des-Prés ils ont parcouru, celle de l'aboutissement, selon les mots de Miriam. C'est donc à la femme, gardienne du foutoir, de procéder à la manœuvre ultime. Le rôle de l'homme, point n'est besoin qu'on le lui fasse entendre, est ici de se taire et d'observer, puis de passer à l'activité de son bonheur dans la mesure où la femme reviendra à la passivité du sien. Dans le moment, en tout cas, le principal rôle est encore à elle, et malgré le titre de maître qu'elle lui a donné, son personnage est celui d'un comparse, sinon, plus inférieur encore, celui de spectateur. Son regard, qui ne la quitte plus, la voit reprendre en main la cassette et se baisser pour l'ouvrir, mais en même temps c'est la soie de la robe noire qui s'ouvre comme un rideau et qui découvre jusqu'en haut de la cuisse la jambe de la nymphe, laquelle, sans se préoccuper du retour d'une attraction trop souvent donnée en spectacle, exhibe la double clé et lentement l'approche de l'orifice de la serrure sur lequel elle a posé l'index gauche ainsi que si elle eût craint de le perdre. C'est d'un pied, le gauche aussi, qu'elle tient en sûreté non loin du vide la cassette si souvent mise à contribution, boîte à beauté, boîte à outils, boîte à magie, et quand de la main droite elle enfonce dans son trou le museau de la clé il suffit d'une pression, comme à la porte d'en bas, pour faire que s'ouvre automatiquement et complètement la petite porte. Soucieux de la préséance, elle s'est écartée pour qu'il soit le premier à entrer, mais non, cette fois c'est lui qui des deux mains lui empoigne les reins sous l'agréable soie, la pousse violemment à l'intérieur en refermant derrière eux la porte du pied. A peine a-t-elle pu ramasser la cassette dont elle se couvre quand il la lâche, comme de son bouclier le fils de Pélée.

– Acte II, dit-il. Tu n'as plus la vedette ou, du moins, tu es arrivée à la fin de ton jeu de comédienne. A toi, maintenant, de jouer la courtisane, la catin, Lulu... Autrement dit : tu vas me montrer ce que tu sais faire, tout...

– N'est-ce pas, Seigneur, ce que Miriam ne cesse de vous proposer depuis que vous l'avez rencontrée dans le monde souterrain? Son plus fort désir est de ne pas vous décevoir par cet autre aspect de sa personne, qui n'est d'ailleurs, vous l'aviez entrevu, que la seconde face de la donneuse de plaisir, masque féminin essentiel.

C'est dans une très vaste salle rectangulaire, sise sous le toit, qu'ils viennent d'entrer par la porte qui de la tour carrée ouvre dans l'un des murs courts à travers une paroi dont l'épaisseur témoigne du vieil âge. A gauche, sur toute la longueur de la pièce, il n'y a pas de mur, mais une très grande verrière, d'abord verticale sur une hauteur de deux à trois mètres, puis inclinée dans la partie supérieure suivant évidemment ce qui est la pente du toit, et par là, comme dans une serre, entre souverainement le soleil avec tout son flot de lumière et de chaleur, que permettraient de limiter, si l'on voulait, des stores légers que l'on dirait de paille et qui sont actuellement roulés tout en haut. Un petit muret de briques vernissées rose chair, que sans difficulté sauterait un lapin, sépare du parquet du fond de la pièce le carrelage rouge de cette terrasse intérieure, qui porte un jardin véritable, arrosé de temps en temps d'une pluie si légère que c'est une vapeur plutôt, et de petits sentiers qui donnent l'illusion que l'on pourrait s'y perdre s'enfoncent et se croisent entre les caisses et les pots de terreau qui sont les supports des plantations.

Telle est la variété que plus d'un homme sentirait le faune en lui s'effacer sous l'amateur de botanique, et que le foutoir y perdrait son beau nom, mais Hugo Arnold est d'un naturel acharné que sa volonté nourrit encore par crainte que la tension en lui ne baisse, et le coin de paradis ne l'intéresse que pour l'ange sombre qui l'y a conduit, celle qui, maintenant, se tient debout devant lui, le dos tourné à un très grand et très bas divan-lit, tapissé entièrement d'un velours de soie à décor de roses rouges et roses sur fond de verdure, jonché de peaux de chèvres des Indes. Seul vrai meuble de la pièce, appuyé contre le mur de boiserie, ce divan est entouré de coussins bas, ronds, ovales ou carrés, assez grands pour que l'on puisse s'y asseoir ou s'étendre sur un velours pareil au sien, et de pareilles peaux de chèvre jetées au sol à profusion ne laissent voir le parquet qu'à mesure que l'on s'éloigne du divan. De petits plateaux de laque rouge ou noire, par terre, portent des boîtes, des cendriers et des gobelets d'argent, des flacons divers.

– Vous êtes ici, Seigneur, vous ne l'ignorez pas, dit-elle, pour y satisfaire tous vos désirs, et mon rôle est à présent d'être pour vous l'objet et l'instrument de vos satisfactions. Vous avez gagné, mon devoir et mon vœu sont de vous donner à sentir que je suis vaincue. A toutes vos exigences, je serai soumise avec exactitude. Comme une biche, ou un lynx, pris à la trappe, ou au collet, je suis entourée par une meute. Je sais que vous allez lâcher sur moi les chiens de vos désirs et sur un mot de vous je m'étendrai pour être leur proie.

– Tu es plutôt lynx, si tu es une bête, dit l'homme, et c'est parce que tu le sais que tu feins de miauler. Pour commencer, tu vas te faire voir. Je vais te dépouiller. L'heure des chiens viendra après.

– Comme pour Briséis menée sous la tente de son maître. Elle sait ce qui l'attend, Seigneur, et à vos mains s'apprête, dit-elle, tandis que d'un pas Hugo a comblé la distance qui la séparait de lui.

S'il se trouvait dans le foutoir, en plus des deux héros, un observateur, celui-ci remarquerait que la vaincue est rieuse autant que le vainqueur est grave, préoccupé par ce qu'il va faire et par le souci de bien le faire, tandis que le rôle de l'autre n'est que de se laisser faire, chose la plus aisée du monde. Tous boutons déboutonnés, sans plus rien pour les tenir que la ceinture, les pans de la robe noire se sont écartés encore, surtout dans le haut, où le sein droit est quasiment à l'air, et dans le bas où le ventre n'est pas beaucoup plus caché que les cuisses. Du petit serpent bleu, un tout petit peu au-dessus du nombril, la fermeture est aussi simple que le mot « oui » sorti de la bouche de Miriam quand les doigts de Hugo ont entrepris de l'ouvrir, et la jolie ceinture a été débouclée sans la moindre difficulté. Un pan de la robe a glissé sur une épaule, puis l'autre, et la soie noire est tombée aux pieds de Miriam, qui l'a poussée de côté. La bête féminine est nue, cette fois, et elle vaut la peine d'être contemplée avant d'être prise en main car, si le mot de beauté a quelque sens véritable, l'exemple qui s'en présente ici est vraiment hors de pair, aussi éloigné que possible de la mode contemporaine et plus proche, avec la perfection robuste de ses épaules et de ses bras, de ses seins, de son ventre et de sa croupe, de ses cuisses et de ses jambes, d'une Cérès antique, figuration de la puissance que la femme tient de sa parenté avec le monde de la terre élémentaire, celui de la croissance humaine, animale, végétale, géologique, dans leur ensemble. Si fort est le désir de s'unir et de se confondre sur-le-champ avec tant de charnelle splendeur qu'un regard tombé sur lui le désespère en lui montrant qu'à part ses pieds, qu'il a déchaussés par bonheur, il a conservé toute l'abomination de son moderne vêtement masculin. Bien sûr, il suffirait qu'un peu brutalement il dise à cette femme qui plusieurs fois lui a exprimé sa soumission entière : « Déshabille ton maître » pour qu'elle lui réponde : « A vos ordres, Seigneur » et toute nue lui obéisse avec une lente servilité voluptueuse qui pourrait être bien agréable, mais il n'en fera rien, c'est évident, tant que durera la honte. Alors, sous le regard de plus en plus amusé de son adorable captive, avec une brusquerie maladroite, il arrache tout ce qui l'habille, veston et pantalon d'un gris très sombre, cravate bleue ponctuée de noir, chemise blanche, maillot de corps et slip bleu clair. Il est nu aussi, et tout pourrait rentrer dans un ordre propre à l'exécution du rite familier s'il ne lui semblait voir que la déesse peine à étouffer un véritable rire à la vue de ce qu'il lui montre et qui n'est pas précisément une preuve de capacité amoureuse. A son aide vient le joli petit serpent bleu qu'il avait jeté sur un coussin, à côté de la robe chue. Il le plie en deux et le fait claquer en l'air, comme un fouet.

– Viens ici, dit-il à Miriam, en lui caressant les seins et le ventre de sa lanière.

Comme il voulait elle se rapproche, les bras tombants au long de son corps, les mains aux genoux, offerte au fouet qu'il lui a fait baiser du bout des lèvres avant de reprendre le jeu avec un peu plus de vigueur, ce dont en souriant elle constate l'excellent effet sur son organisme viril.

– Tends-moi les mains, demande-t-il.

Un peu surprise, elle obéit, laisse que Hugo les joigne, puis, quand elle voit qu'il commence par serrer un poignet de trois tours de la mince courroie, lui fait tourner le dos, serre pareillement l'autre au-dessus de ses reins, entoure étroitement les deux poignets réunis en tirant sur les bouts, elle comprend ce qu'il fait et avec docilité lui présente ses mains pour l'aider à boucler comme il faut la ceinture devenue entrave de prisonnière.

– Ainsi Briséis devait avoir les mains attachées quand elle fut menée en esclave à Achille auquel elle avait été destinée par le tirage au sort, dit-il sans qu'elle réponde autrement que par une inclination de la tête, tandis que sur tous les points de son corps soumis elle sent courir les doigts de l'homme.

Il la pousse contre le divan, l'y jette au milieu, il va, cette fois, la posséder de possession violente et prolongée autant qu'il se pourra, mais quoi, avant de retomber sur elle et qu'elle n'éprouve son poids et sa pénétration, il lui a vu une large marque à l'aine, comme un dessin de couleurs foncées, et il recule, par discrétion peut-être. Ce n'cst nullement une illusion, et fallait-il qu'il fût fasciné par son charme profond pour ne s'être pas encore aperçu de ce qu'elle avait là? Rien d'autre que le minutieux tatouage d'un sphinx tête-de-mort, en zoologie *Acherontia Atropos,* peut-être un peu plus grand que grandeur nature, la tête dirigée vers la fente du sexe, la trompe confondue avec les premiers poils de la riche toison sombrement brune, les ailes repliées aux flancs du gros corps cylindrique, le thorax bombé sous les taches blanches qui peignent avec une précision à faire peur l'image d'un crâne humain placé comme un signal en avant de l'autre bouche qu'un peu plus bas la femme ouvre au plaisir commun.

– Qui t'a fait cela? demande-t-il.

– Mon papillon, dit Miriam... Oh, c'est l'homme de peine de Sarah Sand, un Malais, Cambodgien ou Vietnamien qui est muet et habile à tous les travaux. On le nomme Ping. Il est muet parce que dans son pays, à la suite des guerres civiles où il avait été fait prisonnier, les vainqueurs lui ont coupé la langue, le larynx et les cordes vocales. Ablation totale, oui. Il avait échoué à Marseille, où Sarah Sand l'a trouvé mourant plus ou moins et l'a soigné. Aujourd'hui, il est vigoureux, c'est le plus dévoué des esclaves, mais c'est aussi un affamé de plaisirs sexuels, exigeant autant que brutal, et Sarah Sand le tient dans l'obédience en lui livrant parfois l'une ou l'autre de ses jeunes amies, convoquée pour lui au foutoir et qu'il emmène dans sa chambrette minuscule pour en user comme il voudra pendant toute une nuit, du coucher du soleil à son lever.

– Et tu y es passée? dit Hugo.

– Une seule fois, dit Miriam, mais je sais que je devrai me livrer encore, car il me veut et Sarah Sand cédera. Ah! l'horreur des baisers de cette bouche vide de tout ce qu'y ont normalement les hommes et pleine d'une bave sans cesse renouvelée... Le dégoût d'avoir à faire tout ce que je sais qu'il voudra que je fasse... J'ai eu tort de vous en parler, Seigneur...

– Au contraire, dit l'homme, l'envie de toi

que j'ai si forte et que la découverte de ton papillon m'a empêché de satisfaire immédiatement s'accommode assez bien de la connaissance de quelques vexations que tu t'es laissé imposer, et qui pimentent à mon goût ton passé. Mais, si ce Ping est muet, comment fait-il pour t'ordonner ce qu'il veut de toi?

– Il se sert, dit Miriam, de l'ardoise parlante, cette tablette que vendent les papeteries et sur laquelle on écrit avec un bâtonnet pointu quelque chose que l'on effacera en tirant le feuillet dans son cadre. La règle est d'être nue et agenouillée pour recevoir la tablette qui porte tous les détails de ce qu'il faudra exécuter avec zèle, sous peine d'être torturée. Sarah Sand sait que Ping est cruel avec les filles, cependant elle lui abandonne ses chéries, un peu dans le même esprit que ce que tu viens de me dire de toi-même. Quelquefois, au matin, elles sont dans un vilain état.

– Et toi? demande Hugo.

– Moi, dit-elle fièrement, je suis assez bonne comédienne pour jouer le rôle d'une soumission parfaite, souriante jusqu'au pire, sans qu'il soit besoin de me forcer.

Hugo n'a cessé de la caresser, sur le tatouage et dans ses environs, pendant qu'ils parlaient, mais aura-t-il jamais la tranquillité qui lui est nécessaire pour accomplir l'acte de chair, il ne sait, car un autre papillon, bien vivant celui-là, brun et violet, lui est apparu et il voltige au-dessus du corps de Miriam comme si un parfum l'attirait là. De la main, Hugo le chasse, mais il revient vers le ventre. Si grand que beaucoup seraient effrayés par lui et que, de toute évidence, l'insecte est exotique. Comment, dans le foutoir de Sarah Sand, se trouve-t-il, qu'a-t-il à faire avec la nudité d'une belle jeune femme qui devrait avoir déjà reçu son amant?

Riant, sans que Hugo lui eût rien demandé, Miriam dit :

– C'est un Caligo, du Brésil, d'où Sarah Sand se fait envoyer des chrysalides, qui donnent le jour à l'insecte parfait. Il y en a quelquefois dix ou plus qui volent ensemble sur les fleurs, dans lesquelles Sarah met du sucre mouillé, qu'ils aspirent.

Regardant plus loin, vers ce qui pour lui est la serre, il en voit un second qui volette au-dessus de la plus admirable floraison d'iris de multiples couleurs qui se puisse rencontrer, du blanc presque absolu au jaune de l'iris d'eau, à l'ordinaire et toujours bel iris violet, au très rare iris presque noir, à des iris mêlés de marron, de rose pâle, de bleu pâle, de gris japonais (dirait-on, qui sait pourquoi?), de toutes les sortes de bruns, produits de croisements subtils effectués par un savant botaniste qui pourrait bien, une fois de plus, n'être autre que M. Ping. Après ne pas s'être beaucoup laissé voir, le second papillon, qui sur aucune fleur ne se pose, s'il se rapproche un peu du divan et sort de l'ombre, ses grandes ailes apparaissent d'un pur et ineffable bleu.

– Celui-là, je le connais, dit Hugo. C'est un Morpho, et il doit venir de l'Amérique tropicale.

– Du Brésil, oui, comme les autres, dit Miriam. Il est plus timide et le sexe épanoui de la femme ne semble pas l'attirer.

– Peut-être est-il jaloux de tes yeux et de ton collier, qui sont plus éclatants et plus profonds que le bleu de ses ailes.

Miriam alors rit franchement, et puis, en se renversant en arrière et en écartant ses cuisses, elle interroge Hugo :

– Dites-moi. Pourquoin, après m'avoir mise toute nue et après que vous vous êtes déshabillé aussi, m'avez-vous lié les mains derrière le dos avec le serpent bleu de ma ceinture? Pour que je sois dans les liens devant vous, Seigneur, comme vous pensez qu'étaient devant les Grecs les captives troyennes de *L'Iliade*?

L'homme rit aussi, moins ouvertement, plus sèchement, puis il répond :

– Peut-être, belle amie, quoique tu sois d'une bien différente espèce et qu'il soit bien difficile de te faire jouer un rôle de captive contre lequel, d'esprit ou de chair, tout en toi protesté. Peut-être aussi parce que j'ai plaisir à voir exposée dans des liens une nudité de femme qui va être violée tout à l'heure. J'allais procéder au début de l'opération, qui pour être réussie a besoin de lenteur dans l'usage de la force et de mépris de la pitié; mais mon attention a été détournée, et les iris sous les palmiers de Madame Sand, les papillons qui les survolent et les petites sentes qui invitent à visiter le bosquet tropical cultivé sous le vitrage comme au milieu des champs de Normandie les refuges pour le gibier dont la commodité moussue sert d'abris aux filles de ferme et aux gars, m'ont donné envie d'y faire quelques pas en te gardant prête pour moi dans ton lien.

– Seigneur, dit-elle, il me serait facile de jouer, assez bien, je crois, pour plaire à mon spectateur et partenaire, le rôle de la victime qui attend son sacrifice, emploi classique du théâtre grec, mais mon devoir est d'abord de vous avertir qu'il serait au moins imprudent d'aller vous promener, et tout nu, entre les arbres et les lianes de ce petit coin de forêt exotique. Sarah Sand s'intéresse autant à la faune qu'à la flore des pays lointains, et si son goût pour les insectes tropicaux ou équatoriaux est prouvé par les grands papillons, les grands coléoptères et les grandes chenilles (souvent plus belles que ne seront leurs papillons) qui habitent ce que vous nommez son bosquet, il s'étend aussi à des reptiles qui ne sont pas tous inoffensifs. Un très gros python, que Sarah Sand appelle parfois Néron et parfois Nixon, mais qui ne répond ni à ces noms ni à tout autre, familier de la nudité des femmes et notamment de celle de sa maîtresse, vit là depuis longtemps; il y a un héloderme suspect, gros lézard qui semble un travail d'Indiens en perles roses et noires et dont la morsure est venimeuse, qui dort quelque part et que l'on nourrit d'œufs crus; il y a aussi un cobra, sinon plusieurs, que l'un des rares amis masculins de ma maîtresse lui a offert après l'avoir acquis d'un charmeur de serpents au Maroc et qu'elle a soigné parce qu'il était dévitaminé. Aux dernières nouvelles, d'après Ping qui a charge des reptiles, il a récemment mangé une souris, signe que ses dents venimeuses, arrachées par le charmeur, avaient repoussé. Je ne suis pas sûre qu'il soit seul ici de son espèce, car Sarah Sand en a toujours été fière. Il y a divers grands lézards, des iguanes qui sont inoffensifs autant que beaux; il y a un gros varan, qui sans être armé de venin est très fort, agressif, mordant. Il pourrait y avoir des nouveautés que l'on ne m'aurait pas dites.

Après s'être tue, elle humecte d'un coup de langue ses lèvres que le discours aura séchées, sourit en regardant l'homme auquel, à raison ou à tort, elle s'est rendue sans combat. Lui tourne la tête pour surveiller la serre où de nouveaux papillons ont pris le vol, qui lui paraissent des satyres et des sylvains, quoique de plus grande taille et de coloris plus vifs que leurs congénères communs dans les bois de nos pays où il s'est souvent étonné, en montagne surtout, de leur dégoûtant appétit pour les excréments du bétail. Que dans sa pensée ce souvenir vilain se rapproche de l'image tatouée d'un sphinx Atropos posé devant le sexe de Miriam, il se l'avoue, tout en combattant la pensée, ou du moins le rapprochement. Cependant, c'est assez distraitement qu'il masse d'un doigt le papillon tatoué sur l'aine de la femme en faisant dans la fourrure des incursions qui ne vont guère plus loin que les lèvres, car depuis qu'il sait que le jardin clos à l'air du dehors, mais séparé du divan par un muret d'une hauteur dérisoire, contient des reptiles qui n'ont pas trop tendance à se montrer, il surveille tout ce qui pourrait venir de là. Du gros python, qu'il se plairait à nommer plutôt Nixon, sans espoir de s'en faire entendre étant donné sa surdité probable, mais par amusement, ce qu'il voudrait savoir, s'il existait un moyen de communiquer avec lui, serait la nature des relations charnelles que selon Miriam il entretiendrait avec la maîtresse de l'endroit et de ses habitants, la très étrange

Sarah Sand dont le personnage inconnu se dessine en lui de plus en plus fermement à mesure que s'embrume cette Miriam qu'il avait perdue, qu'il a retrouvée et qui est nue sous sa main dans l'actuel moment. Que n'a-t-on pas raconté sur les jeux sexuels des danseuses au serpent et du boa leur partenaire? Trop de choses pour avoir le moindre indice, et Miriam, qui sait sans doute, se taira. Le cobra qui a recouvré sa vigueur et ses dents porteuses de mortel venin, avec ses congénères possibles, est un objet qui mérite plus de respect et de considération, quoiqu'il s'habitue, dit-on, à une existence domestique et à la compagnie des humains qui le fournissent en rats ou en souris. Paresseux comme tous les serpents, chasser l'ennuie, paraît-il. Il serait indulgent à la main d'où sort sous son nez le gibier. Celle de Ping, probablement, ou bien de la grande maîtresse?

– A quoi pensez-vous, Seigneur? s'enquiert Miriam.

Il serait opportun et courtois de lui dire que c'est à elle, et puis de la prendre. Mais non, et en procédant avec quelque hypocrisie vers la plus mystérieuse porte, ce qu'il répond à celle qu'il lui semble connaître déjà bien, est :

– Je me demandais quelles plantes avait choisies Sarah Sand pour son jardin intérieur.

– Vous en faire un catalogue est au-delà de ce qu'on peut tirer d'une jeune théâtreuse, dit-elle.

– La comédienne, dit Hugo, est effacée pour le moment au profit de la catin, ou du moins elle en joue le rôle. Allons, belle pute, fais un effort et récite ce que tu dois savoir.

– Eh bien, dit-elle, pourvu que le spectateur s'en contente, voici le peu que votre catin se rappelle. Il y a donc au moins six ou sept espèces de palmiers, point trop élevés, qui dominent le bosquet tropical, dont plusieurs chamærops, plusieurs phénix, un sabal, deux beaux raphias, un doum, dont la tige est bifurquée et qui vient d'Egypte; il y a de grandes fougères et de très nombreux caoutchoucs, qui ne cessent de pousser et de laisser retomber des racines adventives qui font cette sorte d'épaisse broussaille sous laquelle les reptiles semblent se trouver à l'aise. Mais on coupe tout ce qui rendrait impénétrables les sentiers réservés aux visiteurs : notre maîtresse, Sarah Sand et ses femmes de plaisir, les invités, maître Ping dans son parcours d'entretien et d'alimentation des bêtes. Ces fleurs pourpres, au parfum si intense qu'il semble artificiel, sont celles du Lilium Rubrum. Une plantation de rosiers est ainsi composée qu'elle ait des fleurs pendant la plus grande partie de l'année, mais le plant d'iris, qui renferme une collection presque aussi riche que celle du jardin des Plantes, sera défleuri bientôt; des pots de fleurs occuperont la place avec moins de charme et de variété, tandis qu'un autre espace, vers le fond, est garni d'autres pots dans lesquels subsiste une très étonnante collection de plantes grasses, cactées en majorité, d'orchidées et d'autres plantes rares. C'est là que se trouve un exemplaire de la favorite de Sarah Sand entre toutes les plantes, la fabuleuse *Reina de la noche,* Reine de la nuit, un *cereus* du Mexique et du Nouveau-Mexique aux Etats-Unis, dont j'avais été invitée à contempler la floraison aux derniers jours de l'été dernier.

– Parce que tu étais, entre toutes les femmes, la favorite de la souveraine, dit Hugo en serrant de plus près sa voisine. Qu'as-tu vu de si beau?

– Seigneur, dit-elle, soigneuse à s'offrir de partout, tous les *cereus,* ou presque, ont des fleurs très belles, beaucoup sont épineux. La Reine de la nuit n'a pas d'épines et sa floraison, quand elle se produit, ce qui n'arrive pas tous les ans dans les pays où elle a été importée, a lieu vers la fin du mois d'août, si l'été a été suffisamment chaud et humide. Pour Sarah Sand, c'est une sorte de fête, qu'elle ne manque jamais de célébrer en compagnie de quelques-unes de ses plus galantes jeunes amies. Je ne l'ai vue qu'une fois, quant à moi.

Premier signe de floraison, l'on remarque une sorte de bourgeonnement sur le vert de l'une des épaisses et longues feuilles de la plante, ou de plusieurs d'entre elles. Il en sort une tige, qui grandit, en portant le bourgeon, qui s'entoure de multiples tigelles, d'un blanc rosé comme celui d'une chair, au profond desquelles, après quelques jours encore, l'on voit poindre le vrai bourgeon de la fleur qui enfle de plus en plus jusqu'à la veille de la floraison. Nous eûmes deux fleurs, le soir où je me trouvai là, et elles s'ouvrirent un peu avant dix heures de la nuit, dans un épanouissement crispé qui me fit penser, je ne sais pourquoi, à une naissance. Naissance de la Reine de la nuit, la plus belle des belles-de-nuit, dont la pure blancheur des pétales est accompagnée d'un parfum bien plus voluptueux que celui de presque toutes les fleurs diurnes. Au matin, peu après l'aube, la fleur commence à se refermer, en se resserrant de plus en plus étroitement sur elle-même, comme après une jouissance... Elle reste close ainsi la nuit suivante et toutes les autres nuits, se desséchant peu à peu. Fantastique fleur...

– Tu causes bien, pour une catin comédienne, dit Hugo. Maintenant que tu as fini, regarde le grand et beau coq, comme disent les Américains, que j'ai fait pousser pour toi comme le champignon phallus impudique qui se rencontre dans les bois, seul de son espèce dans une petite clairière, où il est comme un premier avertissement à la jeune égarée qui va être saisie par le forestier tout à l'heure, entre les grands arbres de sous lesquels on ne sort pas intacte...

– Phallus de chien, satyre puant, ce sont les autres noms de cet immondice végétal dont l'odeur est repoussante autant qu'est attirant le parfum de la Reine de la nuit. Mais il n'a aucun rapport avec ce que tu me montres, qui a de belles dimensions et un gentil aspect, dit la jeune femme.

– Agenouille-toi devant moi sur la chèvre et ouvre ton aimable bouche, dit encore Hugo. Je pourrai, par-dessus toi, surveiller le bosquet de façon à n'être pas surpris par une incursion possible de quelqu'un de ces reptiles, qui me semblent endormis ou peu curieux de nous, par bonheur.

– A tout ce qu'il vous plaira, je suis soumise, dit-elle en obéissant au commandement. Ne me détacherez-vous pas les mains?

Pour toute réponse elle reçoit une assez faible paire de gifles et sent que l'homme, qui a ouvert largement les jambes, la courbe sur lui, en la maniant et en la manipulant de toute part, en la serrant vigoureusement de ses genoux à la taille et en la faisant onduler dans cette étreinte comme une danseuse. Au-dessus de la plaisante croupe, bouclées de cuir turquoise, les mains n'ont licence de bouger que dans les limites les plus exiguës, petit bouquet dérisoire posé dans l'entre-deux des fesses, et il semblerait que la façon dont elles sont tirées en arrière fasse ressortir encore la masse et le volume de la gorge contre laquelle se frotte sans nul répit le bas-ventre de l'homme et son grand coq, que la caresse enflamme. Il est vraiment vainqueur, cette fois, et elle est bien vaincue, la splendide jeune femme qui se laisse aller à tous les mouvements qu'on lui impose sans avoir (le voudrait-elle ou non) le moindre moyen de défense, tandis qu'elle sent que très lentement l'on fait glisser son corps au long du corps du maître de manière à rapprocher ses lèvres encore closes du gland qui va les mettre à l'épreuve aussi longtemps et aussi violemment que voudra le mâle. Le contact s'est produit, et parce qu'elle n'a pas immédiatement fait bouche bée selon l'ordre, quoique sachant qu'elle ne peut en rien s'opposer à la volonté supérieure, Hugo s'amuse à lui pincer les narines pour la forcer à ouvrir la porte buccale sous peine d'étouffer. Alors le coq s'introduit, allant jusqu'au fond à la première exploration, et elle connaît une fois de plus ce qu'elle a bien des fois subi sans trop de peine, le martèlement répété du larynx par un grand outil de chair selon l'impulsion saccadée des reins de l'envahisseur, la possession, comme par un dur démon, de la noble tête condamnée à le recevoir par son entrée principale, peu en dessous de la voûte crânienne qui abrite le cerveau, royaume de l'esprit et de l'âme. Passent de longues minutes au fil desquelles, ainsi qu'une ville capitale envahie par un envahisseur auquel elle s'habitue bientôt et finit par reconnaître des qualités, Miriam oublie l'entrave et l'humiliation, retrouve le plaisir qu'en pareille épreuve elle a connu déjà, se plaît à offrir au brutal, lors de chacun de ses passages, la caresse enveloppante d'une langue rompue à ce genre d'exercice, ressent une émotion qui ne tient pas moins à l'âme évoquée plus haut qu'au cœur dont le battement s'accélère à mesure que se ralentit le rythme des intrusions. Sentant un renouveau de tendresse chez le vainqueur, la vaincue se fait tendre plus que lui, et si quelques larmes lui reviennent aux yeux, ce n'est pas la douleur, assurément, qui en est la source.

– Mesquine, lui dit Hugo, qui avait à son poignet gardé sa montre, cela fait plus d'un quart d'heure que dure notre contredanse et, si maître de mon jeu que je sois, je sens monter une lave que je ne pourrai contrôler. Tu avaleras cela jusqu'à la dernière goutte, comme le veut ton rôle, ou ton double métier, auquel j'ajouterai celui de grande prêtresse de Cérès si tu as conscience de célébrer avec un auxiliaire qui est moi-même un rite destiné à faire revenir la pluie après une longue sécheresse.

Entendu, mais il faut veiller au bon accomplissement du rite et Miriam ne peut le remercier autrement qu'en ouvrant et en fermant les yeux à maintes reprises, ce qu'elle fait en souhaitant être vue de lui. Quelques minutes passent encore. Les deux mains de Hugo posent sur ses oreilles et guident les mouvements de sa tête avec une paternelle autorité qu'il est d'autant plus doux de subir qu'il serait impossible de s'y dérober. Si le bélier était plus long, songe-t-elle, elle serait capable, ouverte comme elle est dans l'actualité, de le laisser s'enfoncer jusqu'à l'estomac. Mais dans les derniers coups elle a senti frémir le coq d'une façon qu'elle connaît bien et qui de peu prélude au spasme, alors elle voudrait que le puissant organe pût connaître la tendresse avec laquelle elle le reçoit, tendresse en vérité filiale qui répond au déjà reconnu paternalisme de l'autorité, et elle dépêche sa langue pour qu'il soit bien ressenti que dans le jeu elle est complice autant que partenaire ou esclave. Puis l'éruption vient, dont elle recueille six fois les émissions de lave masculine, que six fois elle avale, docile enfant qu'elle se sent, en pensant aux six sommets de l'étoile hexagonale et mosaïque, pensée qui lui vient cette fois pour la première fois de sa carrière d'aventurière et de catin où pourtant l'irrumation est coutumière pratique. Inexplicable secret que la vaincue gardera pour elle et dont elle sent, confusément certes, qu'il vaut mieux ne pas dire un mot au vainqueur. « L'amour charnel est tissu de secrets », lui avait dit (mais qui et quand?) quelqu'un de très sage, qui avait ajouté : « Une seule maille révélée, tout se déchire. »

Le rite a été bien accompli, pense-t-elle. La pluie viendra-t-elle sur la contrée désertique? En attendant elle aspire tout ce qui se peut tirer encore du grand coq qui s'amollit et qui se rétrécit progressivement, mais qu'elle gardera, chienne fidèle, dans sa bouche aussi longtemps que son maître ne l'en aura pas volontairement retiré, et sa langue s'affaire à le nettoyer, et elle continue à avaler une salive que rend précieuse un peu de lave blanche.

– Allons, dit-il, tu es décidément une pute bien dressée, tu vas me rendre mon outil propre comme un sou neuf...

Et il le lui retire des lèvres qu'elle tient serrées pour retenir les dernières impuretés avalées comme les premières, puis il lui accorde ce qu'elle lui avait demandé tout à l'heure sans succès. Débouclant et déroulant le serpent bleu, il rend à ses mains la liberté, qu'elle aurait désirée plus tôt pour pouvoir lui caresser la bourse avant l'éruption et la hâter peut-être, s'il l'avait voulu.

– Je suis ce que tu veux que je sois, dit-elle, après s'être permis un léger gargarisme de salive pour purifier sa voix, qui sonne aussi clair que si rien ne l'avait souillée. Mais tu me permettras d'être une comédienne bien apprise autant ou plus qu'une bonne pute, et je crois qu'agenouillée devant toi, j'ai joué mon rôle mieux que je ne l'avais jamais fait. De cela, je te suis reconnaissante.

– Ce n'était, dit-il, qu'un lever de rideau. Tu sais bien que la pièce essentielle, ou, si tu préfères, l'essentiel de la pièce, va avoir lieu tout de suite. Autrement dit, tu vas t'étendre sur le grand divan de Sarah Sand pour y être violée sans résistance, sans protestation, comme si tu étais sacrifiée. Ton papillon va en voir de belles. N'as-tu pas peur qu'il s'envole, quelque jour ou quelque nuit?

Elle rit, la catin, et répond :

– Il ne s'envolera jamais. Il est cousu dans ma peau. Il aime voir tout ce qui se passe pour moi, de tout près.

– Le fait est qu'il semble bien posé pour cela, dit l'homme. Mais tu vas reprendre le coq de ton maître dans ta bouche de théâtreuse ou de courtisane et tu vas le remettre en forme pour son travail. Avec ta gentille petite langue à tout faire, je n'attendrai pas longtemps.

– Ton esclave, dit-elle, est à tes ordres. C'est toi qui vas t'étendre d'abord où tu voulais qu'elle fût, pour y être revigoré comme il faut. Elle connaît son métier. Laisse-toi faire et tais-toi pendant que durera l'opération.

Elle s'est écartée de lui, elle s'est mise debout, tandis qu'il se levait aussi avant de se coucher de tout son long à l'endroit qu'elle lui désignait. De la main libre enfin elle caresse gentiment, enfantinement dirait-on, le coq qui vient de se montrer si plein de vie entre ses lèvres et qui ne tarde pas à donner quelques signes de renouveau. Pour les bien confirmer, elle enjambe une cuisse du Seigneur Hugo et en se soulevant pour ne pas peser sur lui elle lui fait sentir au bon endroit le poids et la fermeté de ses seins, ce qui chatouille agréablement ses mamelons autant que le gland, la tige et la bourse du gisant, à en juger par l'aspect que prend tout ce bel appareil. Allons, comme il se l'annonçait à lui-même, il n'aura pas été long à reprendre ses capacités et si maintenant elle se laisse aller et se roule sur lui à droite et à gauche ce n'est que pour son propre plaisir. Pour celui du maître, elle lui accorde quelques minutes d'irrumation tellement inutiles que le grand metteur en scène les aurait coupées certes s'ils se trouvaient vraiment, comédienne unie au spectateur, sur cette scène de théâtre fantastique qu'ils se sont inventée l'un et l'autre pour garder bonne mine, dans un souci de puritanisme sinon de simple pudeur qui n'est vraiment plus de saison.

Pour le maître, le moment est venu de loger son coq dans le petit gouffre charnel adéquat ménagé par la nature et sans discrimination possible indiqué par la trompe du sphinx tête-de-mort sur l'aine de l'aimée.

– Allonge-toi là, dit Hugo. Soumise, offerte, partout ouverte, les bras levés au-dessus de ton beau front trop fier, les mains immobile comme si elles étaient clouées à la tête du divan, les jambes, les cuisses bien écartées pour le maître que tu vas recevoir dans ton corps et dans ta pensée profonde.

– Pour ce qui est de mon corps, dit Miriam, en prenant la pose avec un rire qui pourrait être peu rassurant, ma volonté est abolie au profit de la tienne comme si je m'étais retirée de lui, mais ne te fais pas d'illusions sur ma pensée, que d'autres appelleront mon âme et qui est justement ce qui sort de moi lorsque je joue le jeu que tu exiges. Elle pourrait te regarder d'en haut pendant que tu t'escrimerais, grondant et soufflant, ou même aller se perdre parmi les iris en fleur et les grands papillons qui battent l'air de là avec le bleu de mes yeux. Pourquoi ne sortirait-elle pas de la pièce où tu userais du corps qui t'est cédé sans restriction pour le temps que tu pourras en faire usage; pourquoi ne serait-elle pas en un plus agréable lieu où tu ne serais jamais reçu, à cause de ta virilité grossière, justement? Va donc, ou viens, tant que tu voudras, tant que tu pourras. Il se trouvera peut-être en ma chair, malgré mon absence, quelque chose qui en jouira et à quoi je laisse licence de jouir de toi. La vanité que tu en tireras durera peu après la fin de la pièce, et tu retomberas dans la tristesse d'après le jeu à l'homme.

Sans plus d'égard il la monte et se prépare à la chevaucher, tâtonne du coq sans vouloir s'aider des doigts. Ce qu'il se dit d'elle est « putain », et il se répète « putain, putain, putain... » chaque fois que son gros outil manque l'entrée, qui doit être mouillée pourtant et dont la trompe du sphinx, si le gland du coq avait des yeux, montrerait le bon chemin.

– Ouvre-moi cette porte où je frappe à grands coups, dit-il sourdement.

– Toutes mes portes te sont ouvertes comme tu l'as demandé, dit-elle. Tu frappes peut-être de travers, comme un puceau maladroit, malgré ta forte membrure, ou c'est mon papillon qui fait peur à ton coq. Miriam n'y peut rien qu'en rire, comme tu vois...

Dans ce grand rire où se plaît la moqueuse il enfourne sa grosse langue dure, qu'elle reçoit avec docilité ce qui l'oblige à se taire au moins et autour de laquelle elle fait glisser, serpenter la sienne. Alors, quelque sorte d'étranglement nerveux se dénoue à l'entrée du sexe de la femme, le portail cède et, sans nul besoin, cette fois, d'être guidé, son coq dans l'ouverture complice s'enfonce d'un coup de reins jusqu'à la garde ou plus précisément jusqu'aux bourses. D'abord, il besogne la femme avec une lenteur majestueuse à laquelle elle obéit passivement, sans répondre au rythme vainqueur plus qu'une nymphe des bois, de la terre ou des eaux saisie par un Jupiter qui a pris une forme monstrueuse sur le charmant laisser-aller de la victime, prête à tout pourvu de ne pas mécontenter son maître et de ne rien perdre du plus précieux don d'une demi-déesse : jeunesse et beauté éternelles... Pour se calmer un peu, ou pour calmer le volcan qu'il sent en son bas-ventre regorger de lave bouillonnante, Hugo s'arrête un moment, prend d'une main un coussin long sur le divan et d'un rien se soulève, sans quitter son poste, pour en montrer aux yeux de la patiente la soie décorée de roses roses.

– Essaye, lui dit-il, d'arc-bouter ton corps comme s'il était soutenu par la broche de chair que j'ai plantée dans ton ventre, afin que je puisse te mettre transversalement sous les reins ce gracieux soutien qui donnera de l'aisance à notre exercice et qui enjoliverait notre couple s'il se trouvait un témoin pour le regarder.

– Tu as raison, répond-elle en lui obéissant avec plus de sveltesse qu'il n'aurait pensé qu'elle pût faire, il faut toujours penser au spectateur, existant ou pure invention de l'esprit. N'est-ce pas la règle majeure de la profession à laquelle je prétends?

– De laquelle des deux? dit-il, en s'enfonçant d'un bon coup de nouveau.

– Si pour me vexer tu penses évoquer la pute, dit-elle, je te ferai voir qu'elle n'est qu'un rôle où s'affirme la comédienne. Pense plutôt à ton coq. Il me paraît mollir.

– Point, dit Hugo, enfin.

En silence il accroît l'exaltation dans son cœur, son cerveau, ses reins par une imagination forcenée de celle qui est sous lui, prise par lui dans une pose d'offrande de soi et de totale soumission accentuée par le coussin mauve qui agréablement déborde des deux côtés de sa croupe en mouvement et la hausse au point de l'obliger à tenir la tête presque hors du divan; il augmente la violence et la rapidité de son action à laquelle elle répond coup par coup maintenant, avec une certaine langueur mais plus franchement qu'il ne lui semble en avoir reçu le témoignage de longtemps jusqu'ici. Un contrôleur de tension, s'il en fût trouvé un dans le foutoir de Sarah Sand, et qu'on (mais qui?) le lui eût appliqué sur le bras en serrant la courroie, l'aurait mis en garde contre une inquiétante augmentation de la pression sanguine, il ne l'ignore pas. Mais la poussée ascendante est aussi celle de sa lave virile, qui est en travail dans cette sorte de volcan qu'il s'est vanté de posséder parfois sous la forme extérieure de son appareil sexuel, et cela va exploser, et l'éruption se produit et pendant huit à dix secousses de puissance déclinante son plaisir est d'en sentir la matière expulsée se forcer chemin à travers le canal d'une prostate congestionnée pour se répandre à chaque lancement dans le chaud et humide intérieur de Miriam Gwen. Oui, mais la sensation est différente de celle du lascif débordement qui lui avait été offert dans la bouche accueillante de la belle soumise, et parce qu'il ne voudrait pas en rester là, et qu'il se sent capable, dans ses meilleurs moments, d'un doublé éruptif sans déconner, il ne cesse pas d'aller et de venir dans le petit gouffre gluant où il vient de se déverser. Son coq n'a pas faibli absolument, dans sa main qu'il a portée sur lui, au-dessus de la bourse, pour le serrer à chaque saccade en s'amusant à frotter du poing ainsi fermé sur le sphinx du tatouage. Alors, son énergie revient, avec sa raideur, et le féminin orifice lui paraît se contracter comme si la victime avait la volonté consciente de l'aider à la remplir une seconde fois et à célébrer sur son corps un nouveau sacrifice égal au premier. « A quelle divinité inconnue? » se dit-il, en reconnaissant la bonne condition du coq que sa main lâche pour administrer au visage de la victime deux gifles point méchantes, avant de se remettre à manier l'hémisphère charnel d'un sein. Cela va marcher; cela marche; c'est reparti; il convient d'augmenter le train auquel se laisse aller la sacrifiée, sans nulle réaction, maintenant, qu'une perceptible augmentation de sa température, fièvre légère qui ne saurait inquiéter l'opérateur. Tant mieux! Il est excellent de besogner un cadavre brûlant... « A la santé de Sarah Sand! » prononce-t-il à voix haute, intelligible, moqueuse, en accélérant l'allure de sa monte et en resserrant ses prises, car le cadavre vient de faire un soubresaut. A ce moment une sonnerie de téléphone se fait entendre, par terre, à côté de la tête de Miriam, qui dégage ses bras avec violence.

– Si tu tiens à la vie, tais-toi, ne fais aucun bruit, dit-elle, d'une voix si différente qu'il semble que la comédienne cesse de jouer.

Son bras, qui a plongé derrière le divan, ramène de là un cornet parleur-écouteur de téléphone, dont elle tient soigneusement bouchée la partie écouteuse, appuyée sur un coussin de façon à ce que nul mot, nul bruit ne filtre avant qu'elle ne l'ait collée à son oreille.

Le second écouteur, qu'elle a pêché derrière elle également, est noyé sous le coussin, dans le même but. Manœuvre exécutée avec tant de précision que l'on pense qu'elle ne peut être, pour la jeune femme, une nouveauté, et qu'elle a dû être répétée à l'avance, puis maintes fois accomplie.

– Allô, a dit Miriam, avec une lenteur douce qui s'il ne voyait pas la belle bouche qu'il a tant baisée prononcer les syllabes de code porterait Hugo à croire qu'il s'agit d'une personne inconnue de lui.

Avec sa permission, semble-t-il, et en observant le silence requis, il a fait aller puis revenir son coq dans la moule, pour qu'il ne s'attendrisse point et conserve sa capacité agressive. N'est-ce pas une curiosité de l'amour qu'il ne puisse être fait que par la dureté du membre dont il est la plus noble destination et auquel la tendresse enlève sa faculté d'opérer? Et sur cette opposition entre le « tendre » et le « dur », qui paraît en contradiction avec le langage du cœur et ses catégories, n'y a-t-il pas de quoi rêver plus qu'un peu? Aussi longtemps que durera la communication téléphonique, Hugo Arnold usera du galant va-et-vient, de manière à se conserver en forme jusqu'au moment où Miriam, ayant raccroché l'appareil, sera prête à subir les grandes secousses et à recevoir l'éruption dont elles auront été les précurseurs attendus en lui ouvrant l'une des portes de son corps ou l'agréable vallon d'entre les beaux monts de ses seins.

Avec une furie à laquelle il ne s'attendait certes pas elle a écarté la main de Hugo qui vers l'écouteur enfoui sous le coussin s'était tendue et l'a griffée au sang en appliquant l'autre appareil tout contre son sein pendant qu'à l'adresse de l'homme elle murmurait : « Sois sourd, sois muet, ou malheur à toi »; puis elle s'est remise à l'écoute pendant plusieurs bonnes minutes, après lesquelles elle prononce devant le parleur un monosyllabe unique : « oui... ». Tel monosyllabe, séparé chaque fois du suivant par un intervalle de silence plus ou moins prolongé sans jamais être bref, sera sa seule réponse pendant tout l'entretien, et Hugo, qui par souci d'occuper sa mémoire avait commencé à les compter au début, se détache de l'entreprise peu après le vingtième, en se bornant à marquer son intérêt, ou, si l'on veut, sa participation au jeu, par un grand coup de reins qui porte son coq à fond de course et le remet à son point de départ. Une représentation typographique de la conversation dont il n'entend que la part entièrement passive, qui est le fait de sa compagne, se réduirait donc à une suite d'affirmations ou d'acceptations et de points de suspension qui dans un livre pourrait remplir bien

des pages ainsi composées : oui... oui... oui...
oui... oui... oui... oui... oui... oui... oui... oui...
oui... oui... oui... oui... oui... oui... oui... oui...
oui... oui... oui... oui... oui... oui... oui... oui...
oui... oui... oui... oui... oui... oui... oui... oui...
oui... oui... oui... oui... oui... oui... oui... oui...
oui... oui... oui... oui... oui... oui... oui... oui...
oui... oui... oui... oui... oui... oui... oui... oui...
oui... oui... oui... oui... oui... oui... oui... oui...
oui... oui... oui... oui... oui... oui... oui... oui...
oui... oui... oui... oui... oui... oui... oui... oui...
oui... oui... oui... oui... oui... oui... oui... oui...
oui... oui... oui... oui... oui... oui... oui... oui...
oui... oui... oui... oui... oui... oui... oui... oui...
oui... oui... oui... oui... oui... oui... oui... oui...
oui... oui... oui... oui... oui... oui... oui... oui...
oui... oui... oui... oui... oui... oui... oui... oui...
oui... oui... oui... oui... oui... oui... oui... oui...
oui... oui... oui... oui... oui... oui... oui... oui...
oui... oui... oui... oui... oui... oui... oui... oui...
oui... oui... oui... oui... oui... oui... oui... oui...
oui... oui... oui... oui... oui... oui... oui... oui...
oui... oui... oui... oui... oui... oui... oui... oui...
oui... oui... oui... oui... oui... oui... oui... oui...
oui... oui... oui... oui... oui... oui... oui... oui...
oui... oui... oui... oui... oui... oui... oui... oui...
oui... oui... oui... oui... oui... oui... oui... oui...
oui... oui... oui... oui... oui... oui... oui... oui...
oui... oui... oui... oui... oui... oui... oui... oui...
oui... oui... oui... oui... oui... oui... oui... oui...

que l'on pourrait tourner longtemps avant d'en venir à la fin et de se retrouver sur le divan couvert de peaux de chèvres angora, dans le foutoir de Sarah Sand, au moment où Miriam Gwen raccroche le parleur et l'écouteur du téléphone. Moment qui n'est qu'un infime instant, car Hugo, enfoncé jusqu'à l'aine dans sa proie redevenue muette, tranquille, docile à ce qu'il lui impose, accélère le rythme de ses reins pour battre à coups redoublés dans le sac charnel plein de beurre bien chaud, on dirait, qui de la violentée est le point de contact intime dont le violent ait le plus de conscience à mesure que sa décharge dans le temps se rapproche. Inéluctable, avec sa fin de quelque chose qui se produit pour la seconde fois et ne saurait être repris encore, elle survient, fait déborder (semble-t-il au mâle) le sac bouillant de la femelle dans lequel il va laisser tremper son coq, d'où l'afflux de sang se retire tandis que mollit la dureté magistrale et que rétrécit le petit membre avec des crispations qui sont une autre sorte d'agrément. Que volontiers l'on s'endormirait sans sortir de son corps sur la belle vaincue qui se laissa posséder et fut docile à tout ce que voulut le vainqueur du tournoi. Mais non, avec une violence qu'elle retrouve la première elle se dégage d'un mouvement de croupe, s'allonge à côté de lui sur le dos, une main sur son papillon, attentive à ne pas tacher le divan beau.

– Oui... Miriam, lui dit-il, espérant un sourire, et qu'elle parlât de sa maîtresse.

Double est sa déception de la sentir dure au moral autant que sa molle tendresse était grande avant l'intermède téléphonique, et puis de la voir se lever d'à côté de lui en gardant sa main posée là d'où pourrait goutter quelque chose de sale, sous la trompe du sphinx atropos. Sans savoir pourquoi, des mots italiens lui viennent aux lèvres : « *Ci vorrebbe un bel tappo* », voilà ce qu'il lui dit, pour l'égayer s'il se peut encore, revenir à la jovialité dans laquelle ils avaient baigné avec bonheur. Par le « bouchon » toscan s'est-elle sentie insultée? cela se pourrait, car glacial est le regard qu'il reçoit en retour, tandis qu'elle lui jette ces mots avaint de s'éloigner :

– Attends-moi où tu es, sans bouger, sans prononcer de bêtise. Le foutoir de Sarah Sand, il n'est pas mauvais que tu le saches maintenant, est pourvu de multiples microphones et appareils de prise de vues braqués principalement sur le divan. Tout ce que tu as fait ou dit depuis que tu es entré a été enregistré, contemplé, entendu, tout pourrait t'être compté.

Elle s'en va... Solitude en laquelle Hugo est perdu au point de se chercher lui-même plutôt que d'essayer d'imaginer des espaces nouveaux autour de la femme qu'il croyait aimer, par laquelle il se croyait aimé... Le temps qui passe semble rebelle à se laisser évaluer. Et puis, hors de ce temps qui s'est écoulé la voilà qui surgit, toujours nue des pieds à la tête et c'est la nudité des pieds, sans doute, qui fait qu'elle semble se matérialiser tout à coup dans le silence même comme aurait fait une créature prodigieuse. Voici, revoilà donc, Miriam Gwen.

Sont-ce des changements, il ne saurait l'affirmer, mais dans le maquillage refait de la face féminine Hugo remarque la bouche peinte d'un fard beaucoup plus sombre qui donne aux dents blanches un entourage de lèvres couleur de sang noir. Plus blanc paraît tout le visage à cause des sourcils poussés au brun noir, des paupières assombries également, de l'obscure dureté des cils. Ses yeux sont grands ouverts; sa bouche est ouverte sans la moindre expression de rire ou de sourire; bien plus que froide, l'impression donnée par tout cela, en toute vérité, est glaciale. Et puis les mains, que l'apparition tenait derrière son dos, sont lancées brusquement en avant, vers Hugo, qui voit avec quelque stupeur que les cinq ongles de chacune sont presque aussi longs que les doigts qui les portent. Et ces ongles, cependant qu'elle les agite, jettent des feux de gemmes, de nacre ou d'émaux multicolores.

Ses yeux, du bleu qu'il s'est dit, brillent de flammes qui ne s'éteignent pas.

Sans que résonne aucune sorte de musique, maintenant, la créature commence à danser des bras et des mains plus que des jambes et des pieds, sa tête et son cou suivent le mouvement, que d'une façon approchée l'on pourrait, sinon définir, au moins décrire, en disant qu'il interprète une harmonie contenue dans le silence et qui aurait une expression d'agressivité, voire de cruauté, bien plus que de bonté ou simplement d'amitié. Or c'est à de l'amour que l'homme s'attendait, malgré la révélation des mécanismes d'espionnage dans les rets desquels il aurait été attiré, machineries qui lui semblaient assez invraisemblables, à la réflexion, et qui auraient bien pu être inventées par Miriam pour se moquer de lui une fois de plus avant de retomber dans ses bras... Mais non, c'est d'une autre façon qu'elle se moque en effet de celui qui vient d'être son amant, et la danse des ongles longs qu'elle est en train d'exécuter devant lui, en se rapprochant, pas après pas, sans aucun signe de tendresse ni de charité à son égard, confirme par son automatisme sévèrement réglé l'existence de ces appareils dirigés sur lui comme des yeux et des oreilles nourris non point de sang mais d'électricité.

Rapproché davantage, malgré la gesticulation un peu mécanique des mains qui ne cessent d'aller de la gauche à la droite, puis réciproquement, et d'arrière en avant, puis de revenir, comme des armes qui menaceraient en attendant la meilleure occasion de blesser, Hugo maintenant a pris une connaissance claire de ces ongles longs, qui ne sont que des postiches attachés aux première phalanges chacun par plusieurs bagues d'argent, mais il ne lui est pas caché que les extrémités de toutes sont de véritables lames dont le coupant et le pointu sont affilés à faire peur. Il s'est reculé jusqu'au fond du divan, devant lequel Miriam s'est agenouillée sur un coussin pour continuer son jeu cruel à quelques centimètres de ses yeux. Une sorte de danse des couteaux menée par huit doigts des deux mains, tandis que les pouces restent tapis, attendant l'heure de la prise pour se joindre aux autres. Le parfum de la femme n'est plus le même, constate-t-il, et si l'ancien, dont il s'était grisé sans réserve, n'était pas dénué de quelque vulgarité sensuelle bien accordée avec le beau corps soumis aussitôt qu'offert de Miriam, le nouveau est moins féminin, sans avoir rien de masculin d'ailleurs, et ce qu'il évoque est une domination froide qui s'impose comme ferait celle d'une déesse ou demi-déesse indienne, javanaise, balinaise ou siamoise dans les griffes de laquelle toute résistance serait impossible, impensable même, pour quiconque aurait eu le bonheur ou le malheur d'y tomber.

– Où sont les salles de bains ou les cabinets de toilette dont tu reviens, belle amie? prend-il le parti de lui dire, avec une feinte indifférence au voltigement des doigts divins et de la gentillesse dans le ton autant qu'il peut en mettre.

– Le temps de la belle amie appartient à la préhistoire, lui est-il répondu. Il n'y a pas de salle de toilette pour les hommes reçus dans le foutoir de Sarah Sand qui n'y ont pris la leçon salutaire de tout perdre de leur conscience virile. Après qu'ils ont servi à ce que l'on pouvait espérer d'eux, souillés comme ils sont on les jette dehors, amants, seigneurs ou valets. Mais tu n'es pas quitte de ce que tu dois subir dans le présent. De tout ton long, étends-toi sur le divan.

Il a obéi. L'amitié ne pouvant être en cause, est-ce par un reste d'amour qu'elle lui a soulevé la tête pour mettre dessous un coussin? S'il l'a pensé, l'illusion est brève, car elle l'enjambe et le monte à cru, s'assied de tout son poids sur son visage où elle va et vient, courbée comme sur un coursier pour continuer à faire danser et cliqueter les lames de ses doigts au-dessus de son ventre et de ses cuisses, en frôlant son orgueil de mâle qui ne tarde pas à perdre contenance.

– Allons, dit-elle. Ouvre la bouche, tire la langue, fais feuille de rose. Au point où tu en es, c'est ce que tu as de mieux à faire.

Cette fois encore, il obéit au commandement, par crainte du pire qu'elle pourrait être tentée de lui infliger et que sans difficulté permettent leurs positions réciproques. Entre les fesses écartées de la femme, le nez de l'homme, ses lèvres, sont écrasés et il a peine à respirer, mais il s'applique à lécher de son mieux, voire à sucer, ce qui passe et repasse et à chaque passage un moment s'arrête et appuie, puis repart. A la façon d'un mécanisme bien réglé dont on se demanderait quand il cessera de fonctionner. Les lames digitales se sont rapprochées à faire peur de ce qui pourrait être leur objectif final; elles ne lui ont pas épargné de légères atteintes, dont Hugo a senti les égratignures, à la base du coq et au bas de l'abdomen, tandis que sur lui se crispait sa cavalière. Quelques gouttes de sang ont perlé.

Penchée en avant au-dessus de cette sorte de selle chevaline que la face de l'homme est devenue, du bras tendu elle tient à portée de ses doigts jusqu'aux pieds le corps masculin, lui donne un coup de griffe au jarret, qui lui fait mal. L'étreinte des cuisses est trop vigoureuse pour qu'il puisse se dégager, mais du peu de liberté laissé à sa bouche il essaye, sinon de l'attendrir, peut-être de l'apitoyer, ou simplement de désarmer son inexplicable fureur par un retour de cette flatterie dont elle ne cachait pas d'être gourmande quand il la lui prodiguait.

– Miriam, dit-il... Merveilleuse comédienne dont je n'ai jamais cessé d'admirer le talent, ne veux-tu revenir au gracieux artifice dont tu faisais si bon usage qu'en tes spectateurs s'allumait la flamme de l'amour véritable? Rappelle-toi tes propos dans le métro, l'histoire de la lingère du Petit Pont...

– Si je tenais ici ce Bassompierre, je le traiterais pis que toi, répond-elle. Empoigné par deux ou trois grands Noirs qui n'obéiraient qu'à moi, dépouillé de sa défroque de seigneur, tout nu et battu, il tremblerait entre mes jambes comme un cheval fautif. Chez Sarah Sand nous ne sommes pas au théâtre, quoique j'aie pu te dire pour te faire croire le contraire et t'attirer là où je voulais te mettre à notre disposition. Avec le muet, s'il venait, ce serait bien plus affreux pour toi du début jusqu'à ton dernier moment. Ce qui te sauve est seulement que j'ai trop peur de lui pour l'appeler.

A l'idée que derrière le mur, vraisemblablement, dans une autre pièce, quelque petit salon inimaginable, en galante compagnie de jeunes catins, tel joli monde vautré plus qu'assis, l'inquiétant Ping seul debout dans un coin, Dame Sarah l'écoute et le regarde sur un écran haut-parleur où rien ne se perd de l'intimité du foutoir promu salle d'humiliation et de torture, Hugo sent un frisson le parcourir.

– Non, crie-t-il, retiens-toi d'appeler, je serai docile...

La bourrelle rit comme riait l'ancienne amoureuse.

– Et tu feras bien mignon, lui dit-elle après un coup de griffe à la cuisse. Tu as raison de craindre et tu n'es pas au bout de ta peine. Ne bouge pas. Il me plaît que tu sois étendu, à la disposition de mon plaisir, qui est de te faire mal, comme tu le sais maintenant; c'est moi qui vais changer de position, comme j'ai changé de personnage.

Elle s'est soulevée, elle laisse que l'homme lui donne encore un coup de langue là; elle descend du visage comme on descend de selle, oui, mais ce n'est que pour se tourner et se mettre de tout son long sur lui face sur face, ventre sur ventre, les jambes jointes entre les siennes qu'elle l'oblige à écarter comme celles d'une femme qui les ouvrirait à l'irrésistible viol. De cet imaginaire échange des sexes, Miriam s'amuse; cependant Hugo, à raison, ne s'en trouve pas rasséréné, car si elle s'est détachée de sa figure c'est pour recommencer à faire voltiger devant ses yeux, ses joues, sa bouche, les doigts armés de lames qu'il ne connaît que trop. Déjà, le voilà blessé à la lèvre inférieure, qui se met à saigner assez pour qu'il s'efforce de la rentrer à l'intérieur de sa bouche et de boire la petite hémorragie, mais Miriam est trop près pour ne pas s'être aperçue de sa manœuvre, alors elle redouble l'attaque, à l'intention de la lèvre du haut, dont le sang coule en mince rigole jusque sur le menton. Sa vue excite Miriam, ou son goût, quand elle a le caprice d'imposer à la victime un long baiser, qui est une aspiration.

Puis elle se déchaîne et se démène dans une gesticulation d'enragée qui par contraste avec l'inertie du corps entier de l'homme doit être d'un effet réjouissant, se dit-il en se laissant aller au pire, sur l'écran où avec son entourage Sarah les observe dans sa salle de spectacle privée. Crier, protester, se débattre ne serviraient à rien qu'à enrichir le tableau, pense-t-il, et mieux vaut ne réagir pas plus qu'une poupée de chiffons à la bourrasque qui pour la protagoniste doit être trop épuisante pour se prolonger longtemps. Sa pensée, pourtant, était optimiste, car cela dure et semble même gagner de l'intensité à mesure que le temps passe. Chaque fois que la furieuse se soulève, maintenant, c'est pour lui cracher au visage avant de retomber et de se frotter sur son corps tant de fois griffé qu'il saigne de partout entre le front et les genoux. L'eût-on battu de branches épineuses qu'il n'aurait pas été maltraité davantage!

Des lames digitales le cliquetis persiste et si pour quelques minutes il s'arrête c'est qu'autour de son cou Miriam a posé l'ébauche d'un menaçant collier de griffes dont elle lui fait sentir le tranchant tout en se frottant sur lui corps à corps en une croissante colère que rien ne saurait expliquer.

– Les mains en l'air, lui répète-t-elle dans l'oreille gauche en écorchant la droite; en l'air et plus haut, encore plus haut, stictement jointes ou bien tu vas saigner...

Tandis qu'il obéit, elle se frotte et sur le corps soumis on dirait qu'elle s'étrille, elle se peau-de-chienne comme sur un épiderme de requin, elle se titille et se racle, insulte cette sorte de grattoir dont elle use.

– Change-toi en fagots d'orties, crie-t-elle... Brûle-moi partout...

Et elle se crispe davantage et gémit, furieuse, selon l'apparence, de ne sentir sous soi que chairs molles qui se pourraient arracher en quelques tours de main comme mousse d'eau stagnante, filaments gluants, algues de marais, saletés dont il faudrait débarrasser le beau squelette pour retrouver cette aimable dureté dans les contacts qui est naturelle à l'homme et qui fait sa gloire et son prix. Pour s'évanouir totalement comme il a fait, continue de faire, ne faut-il pas que le coq, pauvre chérubin, ait eu grand-peur des ongles longs qui ornent maintenant une femelle qu'il brutalisait tout à l'heure avec tant d'allégresse et de ressource que l'on eût dit qu'il ne se lasserait pas.

– Pis que chiffe et que loque, c'est une capote vide que tu as là, dit-elle, un moulage mou de ce qui fut et plus ne sera ! Je considère l'impuissance comme une façon de gentillesse; je ne pardonne pas à la terreur, au taff...

Puis, comme un félin de grande espèce, elle fait entendre un râle, un rugissement : « Raaou ! » Et son corps retombe sur le corps de l'autre, non moins inerte que lui.

Un peu de temps passe, pendant lequel il pense qu'elle est au terme de son rôle et n'attend qu'un nouveau coup de téléphone pour savoir ce qu'elle doit faire et dire. Rien ne vient cependant, par bonheur. Le public s'est peut-être lassé d'elle et de lui, la pièce qu'ils ont jouée n'est peut-être qu'un four...

Femme ou fauve, elle s'étire avec quelque langueur, comme aurait fait une panthère des plus grandes espèces, sans nul bruit; elle se soulève un peu et regarde les yeux de sa proie, en les frôlant de ses longs ongles, sans sourire. Il n'ose abaisser les paupières, par crainte de lui donner prétexte à les crever; il retient sa respiration, qu'il sait un peu bruyante et qui pourrait l'irriter; il demeure totalement passif. Le temps passe, incalculable.

Jusqu'à ce que Miriam se soit redressée d'un coup de reins et n'ait craché un paquet de salive sur le visage de Hugo, qui n'a pu s'empêcher de sursauter. Debout à côté de lui, attend-elle qu'il parle? Mais il reste silencieux, sans même faire le geste d'essuyer le crachat qui s'écoule vers sa bouche où il pense qu'il y a peu se mélangeaient leurs salives dans le commun plaisir. Alors c'est elle qui reprend la parole, en lui épargnant les injures auxquelles banalement il s'attendait.

– Debout et hors d'ici, dit-elle à nouveau! Dehors dans une minute, sans un mot!

– Miriam, prononce-t-il avec peine...

– Sans un mot, ai-je dit, reprend-elle! Il n'y a pas ici pour toi de Miriam, il n'y en aura plus jamais, peut-être n'y en a-t-il jamais eu et as tu poursuivi un être inexistant. Oublie définitivement le nom que tu crois qu'une femme qui aurait été moi t'aurait donné pour sien. Oublie, efface! Arrache, détruis, si tu ne peux faire autrement, mais tais-toi et sauve-toi en chien battu avant que le pire ne referme sur toi de terribles mâchoires. En ce lieu que tu crois voir encore, comme il te semble l'avoir vu, tout est fini pour toi ou rien n'a commencé. La grâce que l'on te fait est de ne donner aucune substance, pas la moindre réalité, à ta présence ici. Tout ce que tu crois qui te serait arrivé n'est même pas un rêve, comme se plaisent à dire tes pareils en sottise. Non. Simplement, une fois de plus, ce ne fut, ce n'est rien du tout. Sors...

– Pis qu'en chien battu, dit-il en se levant, vacillant du corps entier, sans y voir bien clair... Comme un chien chassé à jamais par son maître, à coups de pierres, sous la menace d'un coup de fusil...

– Sauve-toi donc au plus vite, s'il est temps encore, sans regarder derrière toi. Les portes s'ouvrent automatiquement pour la sortie, sauf si elles ont été bloquées par la main de la Grande Supérieure, ce qui n'est pas probable. Dehors, prends à droite et marche tout droit, sans regarder où tu es ou crois être. Ainsi tu iras vers le fleuve et devant l'eau tu reprendras un semblant d'existence au présent. De ce semblant de passé, où tu te perds, le courant de la Seine te lavera. Il en a lavé d'autres, depuis plus de deux mille ans. Sauve-toi.

Il obéit, cherche ses souliers, puis se rappelle qu'il les a jetés au bas de l'escalier; il passe sa chemise sans même la boutonner, son pantalon, qu'il agrafe sans tirer le zip, en négligeant ses sous-vêtements sur lesquels Miriam a posé les pieds. Elle joue avec sa cravate, vers laquelle il tend la main.

– Tu n'as pas le temps de faire des nœuds, a-t-elle dit. D'ailleurs, Ping est amateur de ces dépouilles, épaves laissées par des fuyards qui s'étaient crus vainqueurs, comme il s'est passé dans son pays. Il collectionne aussi les montres, et tu vas jeter la tienne devant mon pied. Si tu avais été galant, tu l'aurais enlevée de ton poignet pour ne pas garder l'usage du temps à côté de Miriam, mais je t'avais jugé déjà à ta valeur vraie, qui est nulle.

Il obéit, déchaîne le bracelet de métal, puis :

– Jugé? dit-il, en enfilant son veston à la hâte.

– Et condamné, oui, dit-elle. Tu es un mauvais comédien que l'on met à la porte du théâtre parce qu'il n'a pas su jouer le jeu. De ton existence actuelle, je te dirais qu'elle n'est que semblant d'existence, mais toi, tu n'es même pas un semblant d'homme. Tu n'es qu'un faux-semblant d'être humain, que l'on ne peut haïr, ni maudire. Ne t'en plains pas; c'est peut-être ce qui te sauve ce soir. Fuis...

Il pensait plutôt à sa montre, lui, et qu'elle allait lui manquer. Miriam n'en avait point au poignet, mais il est fort douteux qu'une personne soucieuse du temps autant qu'elle en ses mots pût se passer de ce qui sert à le mesurer, et l'on peut parier que l'instrument ne manque pas dans le coffret universel qui est posé à côté du divan. Prudent, pourtant, il ne dit rien, cache sa pensée. Puis :

– Je n'ai jamais prétendu être un comédien, moi, dit-il. Je ne puis donc en être un mauvais. Ni pour toi, ni pour Dame Sarah Sand, ni pour les autres que tu m'as fait entrevoir je n'ai joué la comédie. Je suis un homme, c'est tout, un homme simple.

– Va, lui dit-elle, en le regardant comme si passait sa colère grande. Tu n'es pas un comédien, non, et j'ai eu tort de t'engager à l'être. Tu n'as et tu n'auras jamais rien non plus d'un poète, c'est pourquoi tu es incapable d'entrer corps et âme dans le jeu de la comédienne. Tu es un homme simple, comme tu disais : un homme grossier, dirais-je, à la façon de Bassompierre. Ce n'est peut-être pas de votre faute si vous êtes de pauvres impuissants spirituels, incapables de sentir le divin privilège que nous avons, nous, les comédiennes, qui jouons nos drames jusqu'à la mort, la nôtre ou bien le meurtre du partenaire... Comme Bassompierre, tu n'attends que le moment de boire une bouteille de vin et de te remettre en selle pour prendre le large. C'est ce que tu vas faire au plus vite, avant que le muet ne t'enlève quelque chose de plus vital que ta montre et dont tu faisais parade : ton coq et son petit entourage. Va-t'en, je n'ai pour toi pas tant de haine que je feins d'avoir, mais l'homme simple et sale que tu es je l'envoie au fleuve pour que tu l'y laves de cette saleté. Ce n'est pas une opération de tout repos, et je ne vois pas bien clairement ton avenir, auquel, même en rêve, je suis sûre que tu n'as jamais songé. Tu reviendras peut-être à tes robes de Fortuny, qui ne sont que les enveloppes vides de quelque chose que tu n'aurais pas affronté sans danger. Va donc, pauvre homme simple!

Il a reculé de quelques pas, pensant qu'elle lui avait dit, comme au théâtre : « je ne vous hais point », et qu'une fois encore elle l'avait admirablement dit. Aurait-elle raison, au fond? En attendant, souillé de sang qu'il est, humilié en toutes ses vanités, il voudrait bien être dehors.

– Ne laverai-je pas les blessures de ma face? demande-t-il. Et les portes vraiment s'ouvriront-elles?

– Ce ne sont que des éraflures, et tu les laveras, avec le reste, dans la Seine, en priant Isis, Déméter ou la Vierge, car de cette Divine Trinité le fleuve est le siège autant que le conducteur. Les portes s'ouvriront d'elles-mêmes, à moins que Sarah Sand n'y fasse obstacle pour conserver un objet de torture qu'elle voudrait livrer à son muet, ce qui, je te l'ai déjà dit, est improbable. Sarah, comme moi-même, doit avoir assez de toi!

Il vacille, chancelle comme s'il allait tomber, va vers la porte qu'elle lui montre du doigt avec un geste qu'il ne pourrait ne pas trouver beau et qui montre, une fois de plus, qu'elle a du métier. Quand, au moment où il allait la toucher, la porte s'ouvre, il trébuche, comme s'il allait tomber, puis se reprend et franchit le seuil du foutoir auquel il donne un dernier regard pour garder une ultime image de cet arpent de paradis perdu dont il est chassé. Sans plus de bruit que pour s'ouvrir, le battant se referme. Allons, il va falloir descendre le caracol sans accident, et son ange n'est plus là pour l'aider. Ce n'est que dans la rue qu'il se retrouvera en sûreté. Tâtonnant, il va, s'éloigne de la lumière qui baigne l'étage supérieur pour s'enfoncer dans les demi-ténèbres qui à mesure qu'il se rapproche du plus bas s'épaississent. D'avoir les pieds nus il ne se plaindrait pas, car il sent mieux sous ses pas les marches, très étroites près du pilier central dont le voisinage le rassure un peu. Ainsi arrive-t-il au fond de la cage de l'escargot, et quand il va vers le battant de porte qui s'y trouve, guidé moins par ses yeux que par le souvenir et par ses mains, voilà qu'elle s'ouvre aussi, plutôt qu'il ne s'y attendait, avec un manque de douceur dont l'on dirait que c'est un geste brutal si une porte était capable de geste. Ce faisant, elle lui a montré, par terre, l'un de ses souliers; l'autre ne doit pas être loin derrière la base du caracol, mais plutôt que de le chercher, il obéit à l'injonction terrible et passe dans l'autre pièce sans avoir rien ramassé. Que la porte immédiatement se referme sans plus de civilité, tant pis pour lui. Chassé, il est vraiment chassé, oui, par la mécanique du lieu autant ou plus sévèrement que par les créatures qui s'y trouvent et dont une seule lui fut connue. La dernière porte, celle qui donne sur la rue, s'ouvre devant lui sans plus de cérémonie et pareillement se clôt.

Dehors pour de bon, il pourrait croire qu'il se réveille et sort du rêve le plus étrange qui lui eût jamais été donné, mais les petites blessures que lui ont faites un peu partout les ongles commencent à être douloureuses maintenant qu'il rentre dans la réalité des rues de Paris. Docile aux ordres, il s'en va en ne regardant que ses pieds nus sur le trottoir. *Imperator victus*, se dit-il, en se glorifiant de la défaite, il est enchaîné au triomphe de la *Regina Victrix*, il ira jusqu'au fleuve Seine, sale, suant, sanglant, comme il sied d'être à un vaincu, et il a tourné à droite, selon le commandement, ignorant si des passants l'observent ou non. Lui demanderait-on où il va, il répondrait qu'il ne sait et que sur son chemin il est mené par l'autorité de la Victorieuse.

II

Hugo Arnold a marché longtemps de-ci, de-là, un temps qu'il n'avait pas le moyen de mesurer; il a marché très lentement, les yeux toujours posés sur le trottoir, attentif à ce que ses pieds nus n'aillent pas se blesser sur quelque ferraille jetée là ou sur du verre cassé, soucieux surtout d'être docile, avec excès même, aux commandements prononcés par Miriam en écho de la volonté sans doute de la redoutable quoique jamais vue Dame Sarah Sand. Puis un souffle de grand air frais et une plus grande lumière lui ont fait penser qu'il était arrivé devant ce familier fleuve Seine qui lui avait été donné pour but et comme terme à sa marche disciplinaire. Levant les yeux pour la première fois depuis qu'il a été jeté à la porte du foutoir, il constate qu'il se trouve en effet sur le quai Anatole-France, un peu plus haut que l'ancienne gare d'Orsay, théâtre exaltant hier, musée aujourd'hui ou demain. A pleins poumons il respire; il voit les feux de circulation passer au rouge à la hauteur du Pont Royal, ce dont il profite pour traverser la chaussée et se rapprocher du fleuve. Sans hésiter, c'est vers la droite qu'il marche, à contre-courant de l'eau grise dont il n'est séparé que par un parapet bas qui porte les boîtes ouvertes des bouquinistes sur le contenu desquelles va son regard. Aucune surprise à en attendre, d'ailleurs, mais si quelque couverture racoleuse attire ses doigts vers un texte qui ne saurait être que décevant et vulgaire le marchand s'interpose, peu disposé à laisser un va-nu-pieds toucher à sa marchandise. De Saint-Just, plus loin, un petit exemplaire d'*Organt* l'aurait intéressé car il n'a jamais lu le poème, tout en n'en ignorant ni le thème ni son développement, mais il ne sent pas la présence de son portefeuille dans la poche intérieure de son veston et se dit que l'objet pourrait bien, avec son contenu, papiers d'identité, de sécurité sociale, argent, être tombé aux mains du muet. En lui enlevant, sans un mot, le joli curiosa relié de pleine soie rose, la marchande, moins inhumaine que son collègue masculin, lui a glissé une piécette de cinquante centimes. La seule finance qu'il ait sur soi maintenant, semble-t-il. Allons, le voilà promu miséreux par la grâce de Miriam Gwen... Il lui reste pourtant la clé de son logis, qui est à sa place habituelle, dans la poche droite du vêtement. Pour combien de temps encore, se dit-il? Car les édifices du bord de Seine, de l'autre côté de la chaussée, tremblent dans sa vision comme s'ils avaient perdu leur réalité solide et n'étaient plus que des fantasmes d'architecture prêts à se dissoudre dans un démesuré nuage bleu dont il n'est point certain qu'il ferait partie du ciel.

Il n'a pas eu besoin de s'arrêter pour traverser devant le pont du Carrousel, sans l'aide d'aucune plaque d'émail il sait qu'il se trouve sur le quai Malaquais où les boîtes de bouquinistes, comme sur le quai qui suit, sont plus riches qu'en aval. Aurait-il plus de dix sous en poche il ne s'y intéresserait pas davantage, car ses quêtes de bibliophile naguère appartiennent à ce monde qu'il nommerait antémiriamien et dont il a le sentiment qu'il est en train de se dissoudre sans rémission dans son crâne depuis que de là-bas il a fui... Plus nombreux sont les peupliers sur la berge qui est le point d'embarquement du port des Saints-Pères et, quoique ce ne noit pas un véritable vent qui souffle, leur feuillage ne cesse de frémir, laissant entendre nettement, quand la circulation s'espace, une rumeur qui tomberait des branches comme si les arbres avaient mission de lui transmettre quelque chose. Un message du peu de nature toléré par le sévère environnement de la cité moderne? Illusion, bien entendu; mais au cas d'un avertissement fantastique, que pourrait-il être sinon la répétition continuelle de la phrase lue et relue sur les murs du métro : « Tout doit disparaître »?

Lui a-t-il été dit vraiment par l'inexplicable disparue : « Tu marcheras »? Il lui semble que oui, sans qu'il puisse en être plus sûr que de toute chose qui aurait été prononcée par elle ou par lui dans un passé qui cependant est d'une proximité presque immédiate. Nu-pieds, il marchera donc, moins pour obéir à une obligation qui s'efface à chacun de ses pas depuis qu'il suit à contre-courant le fleuve que parce qu'il ne se sent capable de rien, sauf de cela. De l'autre côté de la chaussée, il voit ce qui doit être le flanc de l'Ecole des Beaux-Arts, il se sent abêti comme un étudiant de ladite faculté, il titube devant le pont des Arts où vont assez peu de voitures pour qu'il puisse traverser sans précaution. Pourquoi n'a-t-il pas pris le pont et, sur la rive droite, fait le tour du Louvre jusqu'au Palais-Royal, ce qui, par les arcades désertes, l'eût ramené bien vite à son point de départ du Chabanais? Mais non, l'idée d'un chemin de sécurité ne s'est pas même formée en lui et sans la plus minime hésitation il s'est engagé sur le quai de Conti, entre l'édifice de la Monnaie et un bras de Seine où le courant semble plus rapide parce qu'il s'écoule dans un plus étroit chenal.

Les trottoirs sont sales à Paris et, insoucieux de tout ce qu'il foule, il ne s'étonne pas de voir du sable et peut-être de la crotte entre ses orteils et au bout de ses ongles. Les chiens, responsables de cette crotte, ne vont-ils pas trottinant et le nez en l'air? « Je suis maintenant plus près du chien que de l'homme, tout à l'opposé de naguère », pense-t-il, en pensant aussi que les pattes du chien, qui est un quadrupède, appuient moins lourdement sur le sol que ses pieds de bipède. Tant pis pour lui! Quand vers la droite il tourne la tête, il voit la masse de l'hôtel de la Monnaie et cette vue l'agace par un certain vaniteux volume qu'il n'avait jamais remarqué auparavant. Au coin de l'hôtel s'ouvre la rue Guénégaud que tant de fois il a prise pour aller chez Nora Nix ou visiter d'autres galeries. Traverser la chaussée, entrer dans la petite rue, remonter les numéros qui vont croissant à mesure que l'on s'éloigne du fleuve, serait une autre possibilité de salut, mais Hugo Arnold est aussi peu préoccupé de salut que de l'état des plantes de ses pieds... Blessées un peu, par les ongles de Miriam ou par des éclats de verre sur les trottoirs, celles-là portent quelques traces de sang entre les orteils, or il marche toujours et s'avance avec une agréable lenteur, comme sur un étalage de ces belles robes de Fortuny qui eussent été jetées devant ses pas par des mains empressées. Et s'il a choisi de leur tourner le dos, sans nul mépris pourtant, ce n'est que pour s'engager, à droite, sur le Pont-Neuf, dont le nom depuis l'heure chaude de Saint-Germain-des-Prés est resté vrillé dans sa tête. Puis, vision rapide qui pourrait avoir été causée par un retour de flamme de l'histoire de la lingère du Petit Pont, il a eu, quand il s'est penché au-dessus de l'eau, l'impression d'avoir aperçu le dos nu d'un nageur qui se fût efforcé de remonter le courant vers ce pont. Un fantasme, probablement, car il ne voit plus rien, quand il se penche de nouveau, que des bouillonnements vers la pointe de l'île où les deux bras de Seine se rejoignent. Il n'en demeure pas moins troublé, dans son incertitude, en se remettant en marche, et ce n'est certes pas un apaisement qu'après avoir passé la premire moitié du pont, presque en face de la statue équestre d'Henri IV, lui procure une façade ancienne qui porte au balcon central de son second étage un très grand drap noir mis à sécher peut-être, s'il retombe sans faire un pli sur la fenêtre d'au-dessous qu'il aveugle, ou bien accroché là pour appeler le peuple à une anarchie future. Mais les passants, point nombreux, vont leur train de fourmis pressées, et aucun ne s'arrête pour contempler l'emblème libertaire ou le funèbre linceul.

Le monument équestre au roi qui fut dit le Vert-Galant l'ennuie un peu. Sans nul besoin d'une pédante encore pour lui en souffler l'histoire, il voit bien qu'il date d'une époque tardive où la sculpture officielle n'était pas brillante et ce qu'il se rappelle est qu'il y avait là d'abord, mais au milieu de la voie publique, un *Henri IV* de bronze, œuvre de Giambologna, qui fut détruit pendant la Révolution. Plus agréable à regarder, sans doute, pense-t-il, en pensant tout de suite après que bien fallacieuse est cette notion de plaisir des yeux ou, comme on dit vulgairement, de « s'en mettre plein la vue ». A la pensée il coupe court, rentre dans son refus d'espérer, sorte de délectation morose qui est sans rapport avec le désespoir dont volontiers se vantent les mâles plus que les femelles de l'espèce humaine. De quelque façon peu claire, cependant, il sent que le point où il est, marqué par le cavalier académique qui domine les deux bras de Seine qui vont s'unir de nouveau à moins de cent mètres en aval, est une station importante dans le parcours où s'est engagée sa vie et que, le voudrait-il, il lui est interdit de s'en écarter à présent. Alors, sans donner la moindre attention aux bas reliefs ou aux inscriptions du socle, il en fait le tour et va se pencher sur le parapet, au-dessus du petit jardin du Vert-Galant. Sa surprise est de ne voir personne en cet espace, où d'autres fois, quand d'en haut il avait jeté un coup d'œil, presque tous les bancs étaient occupés par des vieux, des vieilles et les gardiennes des enfants qui couraient et jouaient d'un bout à l'autre de sa superficie restreinte. Le soleil, pourtant, en ce jour où la nuit sera courte, est encore assez haut sur l'horizon. Ce que va faire Hugo est de descendre, s'il se peut, jusqu'à cette solitude inexplicable, pour en découvrir les raisons ou simplement parce qu'il s'y sent poussé par un renouveau d'intérêt pour l'environnement.

Un peu derrière lui sont les bouches d'entrée des deux escaliers qui doivent aboutir au jardin, et nul écriteau ne semble en interdire l'usage. Donc il s'engage dans le plus proche, à sa gauche, jumeau de l'autre d'ailleurs, en prenant quelque soin de ses pieds nus sur les marches étroites mais bien plus massives et moins commodes que celles du métro. Le jour, au-dessus de sa tête, disparaît presque, apparaît faiblement en bas, là vers où vont ses pieds avec une lenteur qui est de son instinct plus que de sa volonté tandis qu'il ne se refuse pas à la flatteuse illusion d'être comme un archéologue en train de pénétrer en un tombeau antique. Que pourrait dire l'âge des parois de sombres blocs qui l'entourent? Point n'est besoin de beaucoup d'imagination pour songer que l'on s'enfonce en une galerie monumentale d'un très lointain passé, d'origine étrusque, romaine, voire égyptienne... Mais il arrive en bas de son escalier de siècles, et quand du souterrain il débouche c'est pour se retrouver sous l'agréable soleil de ce mardi 25 mai, date de la lune pleine, jour de Mars, où il lui semble avoir perdu le fil de son existence. En face de lui, voici l'écriteau qui, en bonne logique, aurait dû être posé sur la terrasse supérieure, mais qui probablement ne l'eût pas empêché de descendre. Ce qu'il annonce est que les grilles d'entrée du Vert-Galant sont et resteront fermées pendant quelques jours à cause de la peinture fraîche des bancs et des autres sièges... Le jardin, en effet, est de tous côtés entouré de hautes grilles qu'il serait fort difficile (mais non pas impossible – se dit Hugo Arnold) de franchir. Ce sont les quais du fleuve Seine qui maintenant l'attirent et c'est vers la gauche qu'il se dirigera, pour la raison qu'à droite se trouve une station de bateaux-mouches entourée de gens qui vont et qui viennent tandis qu'à gauche il n'a vu jusqu'ici personne. Le quai, très étroit vraiment entre la clôture grillée du jardin et l'eau, est désert ou presque, comme il le souhaitait. Seule exception, un jeune homme, qui semble endormi, est étendu perpendiculairement au courant, ce qui oblige à l'enjamber ou à faire le tour de ses pieds chaussés de vieilles espadrilles en prenant soin de ne pas choir dans le fleuve. Un mendiant, car à portée de sa main est posée une coupe de terre sombre qui pourrait être un objet de céramique précolombienne et dans laquelle sont éparpillées quelques piécettes, auxquelles Hugo se sent obligé d'ajouter sa pièce de dix sous, comme pour payer le prix de son passage... Le voilà gueux plus que l'endormi, qui d'ailleurs a ouvert un œil et dit « merci » avant de le refermer. En quelques pas, le gueux arrive à la fin du jardin, qui à l'intérieur de sa haute clôture épouse un peu le tracé de l'île, ce qui fait qu'il est large à la base du pont mais devient de plus en plus étroit à mesure qu'il se rapproche de la pointe, laquelle se termine en éperon ou en proue de navire. Dans le jardin, comme sur les quais des deux côtés, se trouvent des arbres de taille si grandiose qu'il serait vain de vouloir évaluer, de la façon la plus approximative même, leur âge, bien des fois centenaire serait-on tenté de dire, et leur santé, leur noblesse, comme la robustesse de ce qui hors du sol paraît de leurs énormes racines, ont quelque chose d'intimidant pour tout observateur conscient de la fragilité de son être. Hugo, qui persiste à se tenir sur la gauche, considère avec un respect de pareille sorte l'un d'eux qui lui semble être un saule pleureur, mais bien plus grand que tout ce qui jusqu'ici lui a été donné à voir de cette espèce assez commune. Dressé, presque à la pointe de l'île, les branches les plus basses du bel arbre pleureur effleurent l'eau du fleuve proche du tourbillon qui se forme à la rencontre des deux bras, mais l'attention de l'homme s'est portée sur un vieux sac ou un tas de vieux tissus que l'on voit appuyé contre le tronc. Là-dessus il se penche, quand il est arrivé devant, voit qu'il y a là un sac en effet, dont la présence n'est justifiée par le voisinage de nul pêcheur, et puis une assez longue robe de la même grosse toile brune dont est fait le sac.

Cela lui semble intéressant et, en vérité, la chose est singulière plus qu'au premier abord il n'avait pensé. Détournant les yeux du sac, après avoir tourné, retourné la robe devant ses yeux, il l'étend sur le sol de la pointe de l'île, à un endroit où le branchage du grand arbre adorable, retombé de tous côtés, fait une sorte de lieu presque clos, propice à l'examen. Le vêtement est dépourvu de manches comme de toute ouverture pourvue de boutons ou d'agrafes, mais son décolleté est large, profond, et une fente assez haute sur le côté gauche doit rendre aisée la marche, sinon même la course, à la femme de grande taille qui le porterait. Bien entendu, une comparaison avec les robes de Fortuny ne manque pas de venir à l'esprit de Hugo, soutenue par une ressemblance indéniable avec les formes de celles-là et puis par l'impression que la matière n'est pas seulement différente mais qu'elle est presque exactement contraire de l'une à l'autre. Est-ce vraiment une étoffe que ce grossier tissu de chanvre ou de laine de brebis ou de chèvre, fait à la main sans aucun doute, chargé d'aspérités ou de défauts, teint en un marron un peu roux, plus clair ou plus foncé par endroits? Voudrait-on lui donner un âge, on ne pourrait, et les ressemblances auxquelles on penserait, comme pour la coupe du mendiant couché, seraient d'ordre archéologique... Alors l'homme effrayé s'enquiert de la signification que pour lui pourrait avoir la découverte au pied du grand saule d'un tel vêtement, qui ne saurait être venu là tout innocemment.

A ce moment, est-ce pour lui fournir une réponse, Hugo Arnold aperçoit dans le courant du bras du fleuve un nageur qui vient des parages du pont Saint-Michel ou du Petit Pont et qui s'aide d'une brasse paresseuse pour dépasser encore la vitesse de l'onde sans s'écarter du bord de l'île, où il reste peu visible. Bien probablement, c'est celui que, sans être absolument sûr de son coup d'œil, Hugo avait cru distinguer un peu plus tôt. Emporté, comme il est, par le flot descendant, il dépasse la pointe de l'île et va disparaître en aval; mais non, car brusquement il s'est retourné d'une pirouette avant de lutter, de toutes ses forces maintenant, contre le courant pour revenir en arrière. Ce faisant, il a montré une paire de grands seins solides qui ne laissent aucun doute sur le fait que c'est d'une femme qu'il s'agit, laquelle est entièrement nue, ce n'est pas moins évident, car sa nage presque horizontale, comme si elle volait sur l'eau, ne cache rien de son dos depuis la nuque jusqu'aux talons. De tout son effort, sans cesse, elle avance et se rapproche du pied de l'arbre, à côté duquel se trouve un escalier de marches très étroites encastrées dans le ciment. Hugo qui n'avait pas remarqué tout de suite l'échancrure, tant il était fasciné par l'arbre pleureur, est descendu de quelques degrés pour lui offrir, si elle veut, le secours d'une main, et sa vieille curiosité pour la première fois se ravive. Avec plaisir, car il n'y a rien d'autre à quoi l'on pourrait s'agripper, elle accepte l'aide, prend la main et se hisse. Toute mouillée, elle se tient debout devant Hugo, qui sans dépit se laisse mouiller par le ruissellement du corps nu.

– Bonsoir, lui dit-elle. Merci pour le coup de main. Je m'appelle Mériem Ben Saada... Et toi, gentil va-nu-pieds, qui es-tu?

Par souci d'être poli, il se fait aussi plat qu'il peut contre le ciment pour la laisser passer devant, ce qu'elle fait, le mouillant bien davantage. Derrière elle il monte et la regarde. Malgré ce qu'elle lui a dit, il voit en elle plutôt une statue qui serait animée par l'effet d'une sorte de magie qu'une femme vraiment vivante. Et ce nom de Mériem, dont il sait que c'est la forme arabe de l'hébreu Miriam, n'est assurément pas fait pour le ramener à la réalité, dont il s'est tant éloigné après qu'il eut été expulsé du foutoir...

– Je croyais être un certain Hugo Arnold, mais depuis quelques heures je ne suis plus sûr de rien, dit-il à la statue animée.

– Tu es devenu plus sage, dit-elle en se secouant. A ce que je vois, tu as déplié ma robe. Prends-la et tiens-la au-dessus de ma tête.

Quand il a obéi, elle lève les mains, enfile les bras sous les épaulettes et la tête dans le grand décolleté : la robe retombe autour d'elle comme une chape, jusqu'au bas des mollets, et s'applique sur sa nudité lapidaire. Elle sourit.

– C'est quand on n'est plus sûr de rien, dit-elle encore, que l'on est en bonne voie sur le chemin de la certitude.

Elle va, vient, marche pour se montrer, mais avec infiniment plus d'aisance et plus de fierté que l'on n'en voit à ces professionnelles de l'exhibition que l'on nomme mannequins, comme pour souligner qu'elles n'ont d'esprit ou de chair pas plus que les figures de bois qui servaient aux tailleurs et aux couturières d'antan pour mettre en forme leurs créations, ou bien aux chirurgiens pour exercer leurs élèves. Hugo, quand il la regarde, pense une dernière fois aux luxueuses robes de Fortuny, car cette enveloppe d'une très grossière bure, qui paraît avoir cuit pendant des siècles au soleil, flotte en quelque manière à l'instar de celles du Catalan de Venise sur un corps que malgré sa longueur elle voile aussi peu que possible, et puis parce que son tissu semble de presque pareille nature que la chevelure totalement embroussaillée comme si elle n'avait jamais reçu un coup de peigne, assez courte pour laisser croire à une ancienne tonsure, d'un brun jaunâtre un peu plus clair peut-être, mais d'un rien, que celui du vêtement. Adossée à l'arbre dont le feuillage retombe derrière elle, sur la pointe de l'île et dans le fleuve que ses deux bras embrassés là reconstituent sans cesse à grand bruit d'eau, elle doit, se dit Hugo, signifier quelque chose à venir, alors que sa croyance de tout à l'heure était que pour lui jamais plus rien de grave ou de grand n'adviendrait.

– Tu es sanglant, lui dit Mériem, qui d'une main légère le touche, ouvre sa chemise, pose un doigt sur sa peau lacérée à l'endroit de la cage thoracique, douloureuse encore à chaque respiration.

– J'ai cru mourir, répond Hugo.

Un silence entre eux se fait, qui est une sorte d'accord musical avant la reprise de la symphonie ou, plus étrangement, la pause qui en forêt se produit quand ensemble les voix de tous les oiseaux se taisent sans raison apparente.

– Sais-tu, reprend Mériem, qu'il a été dit : « Mourez avant de mourir »?

– C'est peut-être ce qui vient de m'être accordé; cela pourrait être aussi ce qui m'enlève tout désir de revivre à la façon dont je vivais selon l'exemple du commun des hommes, dit Hugo. Mais j'ai été poussé par quelque chose que j'ignore à descendre un escalier très étroit creusé dans le ciment ou dans la pierre et qui ne conduisait qu'à un jardin clos, enfermé de hautes grilles, que j'ai suivies en marchant sur le bord d'un bras du fleuve qui arrosait déjà l'antique Lutèce, alors je me suis trouvé devant le plus merveilleux arbre que j'aie jamais rencontré dans tous les périples de mon existence passée. J'ai embrassé le grand arbre vénérable et j'ai vu à son pied un paquet, sur lequel était posée ta robe, que je t'ai aidée à revêtir quand tu es sortie nue du fleuve.

– Ton arbre est le mien aussi, dit Mériem, et je ne l'aime pas moins que tu ne fais. Les amants et les amantes des beaux arbres constituent en ce triste monde une sorte de secte dont les membres se reconnaissent. Ainsi as-tu fait et ai-je fait pour moi et pour toi, gentil Hugo.

Mériem Ben Saada... Hugo, lui, revient en pensée au prénom de ce nom, dont la parenté de signification et la proximité sonore avec celui de la belle disparue auraient pu au moins l'inquiéter, mais il est conscient d'être sorti du monde de la peur, mère autant que fille du danger, lequel n'existe plus pour lui depuis qu'il a appris à accepter avec autant d'indifférence tout le mal et tout le bien qui pourraient lui être infligés ou accordés encore, ce qui revient à fondre le bien et le mal en une unique gemme suspendue à son cou que la griffe d'une femme a marqué. Et puis, c'est le saule qui les a rapprochés, un saule dont la puissance et la gloire tiennent des quatre éléments qui se sont retrouvés en lui, puisqu'il est bien évident que par ses immenses racines capables de serpenter peut-être jusqu'à l'une et l'autre rive au-delà de l'île, il est en communion constante avec la terre qui le nourrit comme avec l'eau du fleuve qu'il boit, tandis que sa tête s'élance vers le soleil qui lui distribue le feu de ses rayons et que les pousses les plus légères de ses basses branches qui retombent ne cessent de frémir au moindre souffle d'air. A ce point de vue, il est unique dans la flore, et ni le superbe hêtre ni le vieux chêne ne sauraient être ses rivaux en ordre de feu et d'eau et d'air et de terre élémentaires. D'où vient, pense l'homme, que le saule est l'arbre de la poésie, l'inspirateur des poètes comme celui des alchimistes.

– La Saulsaie..., dit-il.

Mais Mériem l'interrompt :

– Je suis entré en me laissant dehors, a dit un Persan, jadis, prononce-t-elle.

– Et toi, dit Arnold, tu es sortie nue de l'eau en y laissant ton corps lavé.

– Pourtant qui suis-je, moi-même, si ce n'est moi? a dit un Andalou vers la fin du premier millénaire, ou bien au début du second, prononce Mériem. Ce second millénaire vers la fin duquel nous avons, comme on dit, le bonheur de nous trouver.

– De nous trouver réunis à l'ombre du roi des saules pleureurs, répond Hugo, en relançant la balle qui sous le fin branchage va de la raquette d'une bouche à celle de l'autre bouche en faisant durer un jeu dont il a le sentiment que sa fin, quand inévitablement elle aura lieu, pourrait être catastrophique. A la tombée de la nuit, s'il se peut, ajoute-t-il, je te montrerai Vénus et Mars, le Bien et le Mal, l'étoile verte et l'étoile rouge, dans le ciel.

– Je crains qu'il ne se puisse pas à cause de

la Lune dont le plein efface les étoiles, répond Mériem. Et ne te fie pas trop à Vénus, ne te méfie pas trop de Mars, divinités charnelles l'une et l'autre, dont le beau coït fut immobilisé à la joie de tous les autres Dieux quand le jaloux Vulcain fit tomber sur leur lit d'amour le rets de fer très fin qu'il avait forgé pour capturer ensemble son épouse adultère avec le divin amant qu'elle s'était choisi. Mars et Vénus n'ont jamais cessé de se joindre dans le ciel, ils se joindront jusqu'à la fin de cette galaxie. Leur union signifie charnel amour. Ainsi étaient-ils conjoints le 18 février 1896, à dix heures trente du soir, au moment de la naissance de l'une des têtes les plus hautement couronnées de ce siècle qui s'achève.

– Ce qui signifie? demande Hugo, égaré.

– Amour, tout simplement, répond Mériem.

Silence. La balle est retombée et rien, semble-t-il, ne se produit sur le site du fleuve Seine ou dans la haute atmosphère.

– Où es-tu née? demande Hugo, sans grand souci de le savoir mais pour remédier à la panne de langage dont elle ne paraît pas souffrir.

– Quelque part entre l'Euphrate et le Jourdain, je ne sais pas bien où, mais il devait y avoir des berges sableuses où j'allais m'étendre nue ou peu vêtue, quand j'étais adolescente, pour m'offrir à des hommes de passage qui me donnaient une piécette d'argent, répond-elle.

– Tu te prostituais donc, toi aussi, dit Hugo!

– Je me prostituais, oui, d'abord pour obéir à mon père et à mes frères et pour suivre l'exemple de mes sœurs, et puis pour me nourrir dans ma solitude plus tard. J'aimais donner du plaisir aux hommes, j'aimais plus encore les consoler, dit-elle, avec un air de sortir du songe. Des savants m'enseignaient...

– Quand cela? dit Hugo encore.

– Il y a tant d'âges que je m'y perdrais et que tu ne me croirais pas, dit Mériem. Quand en pressant mon cœur comme je fais maintenant, de ma main sous mon sein gauche, j'arrive à envoyer du sang dans mon vieux crâne, des souvenirs enfouis depuis longtemps remontent à la surface, en désordre cependant. Ainsi, je me rappelle qu'il y avait un batelier qui vivait de sa barque et du fleuve comme moi. Il passait des pèlerins et des errants qui le payaient d'une piécette de bronze, il les portait en aval, et même en amont, pour deux ou trois piécettes, mais il ne me demandait rien pour m'embarquer aussi et, quand j'étais à son bord, souvent il poussait sa barque dans une éclaircie au milieu de roseaux très hauts qui la cachaient à tous les yeux, alors j'étais saisie par les mains des hommes et dévêtue de mon bien mince vêtement. Des fleurs s'ouvraient au-dessus de l'eau, qui avaient la couleur du sang. Je ne me défendais pas et sans distinction je me livrais à tous les hommes, soumise à tous leurs désirs, quels qu'ils fussent, pour la petite aumône d'argent que j'ai dite. Avec le batelier, quand nous étions seuls lui et moi, je m'offrais de moi-même, dans un plus tendre élan et une plus entière complaisance qui me rendaient heureuse comme lui, ou davantage. Après qu'il eut tant de fois découvert mon corps d'enfant et usé de moi des pieds à la tête, c'est par lui, je crois, et par là que mon âme apprit à sortir de mon jeune, joli corps et à se découvrir à moi.

– Ton âme, dit Hugo, surpris à l'idée du retour de ce principe ou de cette essence vitale. Tu crois que tu en as une?

– Ce n'est pas une croyance, dit Mériem. C'est une connaissance. Le batelier, tout en usant de moi et en attisant à coups de reins l'ardeur de mes sens, m'apprit à sortir de moi et à quitter le plaisir charnel juste avant qu'il n'éclatât comme une juteuse figue. Alors je reconnus que je n'étais plus que mon âme, suspendue, pourrais-je dire, au-dessus de mon corps matériel, en train d'être besogné sur un vieux tapis dans le fond de la barque.

– Au-dessus de ton corps, vraiment?

demande Hugo, qui se rappelle des propos de Miriam, avant sa grande furie.

– Au-dessus, oui, dit Mériem. Ne connais-tu pas ces vers du grand poète Ghazâli :

« Si je suis un oiseau : ce corps était ma cage
Mais je me suis envolé, le laissant comme un
[signe. »

Les femmes et les vrais poètes, dit-elle encore, arrivent aisément à cette sorte de connaissance distincte, mais les premières n'en ont fait que très rarement la confession aux hommes, dans l'idée, point erronée je crois, que ceux-là, instruments de leur jouissance et chéris comme tels, ne méritaient guère d'en savoir davantage.

– Pourquoi donc me révèles-tu ton secret? Est-ce parce que je t'ai aidée à sortir du fleuve? demande l'homme.

– Certes, dit-elle, tu m'as aidée à retirer mon corps du courant qui le poussait, et pourtant l'eau m'est aussi familière, comme tu sais, que les trois autres éléments. « Détends ton esprit et apprends à nager », disait le cheikh ad-Darquâwî. Depuis bien plus longtemps que tu ne pourrais imaginer, je connais son conseil et j'en use. Il n'y a pas plus de causes que d'effets, voilà ce que je te dirai encore. Il ne saurait y avoir de question parce qu'il n'y a pas de réponse, tout de même que nulle réponse n'a la moindre valeur parce que la question qui l'a provoquée n'avait pas la moindre signification. J'aurais pu ne pas m'abandonner à la violence du fleuve Seine, et tu ne m'as pas donné de jouissance, ni ne m'en donneras jamais. Mais je sens et je sais que tu es dans un feu dont je suis sortie il y a très longtemps, et cela me donne à ton égard une tendresse que je pensais ne plus pouvoir ressentir, en outre j'ai sur toi un projet encore incertain, mais qui pourrait devenir un acte avant la fin de ce jour.

– Voilà bien des mots qui divaguent de tous les côtés, dit Hugo. Si j'étais l'homme que j'étais ce matin encore, je t'arracherais de force la robe que je t'ai aidée à remettre sur ton corps de statue mouillée, je te jetterais au pied de mon saule, je te ferais jouir malgré toi et je te rendrais au fleuve qui t'a portée à moi, pour qu'il fasse de toi tout ce qu'il voudrait. J'étais plus à l'aise avec ce que tu me contais de ta lointaine adolescence.

– L'homme que tu étais ce matin ne m'aurait pas vue en ce temps-là, dit tranquillement Mériem. Mais je te parlerai de mon adolescence. Mon âme prosterna mon corps devant son autorité après l'avoir laissée passer par les secousses de maintes nuits et maints jours de songes et d'hallucinations.

– Et tu t'éloignais, à regret comme je le regrette aussi, de l'enclos et du charme des grandes roselières. Je ne crois pas que tu aies jamais tué en toi la bête d'eau, dont je viens de voir une manifestation, dit Hugo.

– Pourtant, dit-elle, je devins une bête des sables, des graviers et des galets des déserts. Ce fut d'abord en rompant tout lien avec ma famille que je n'aimais pas plus qu'elle ne m'aimait, c'est-à-dire nullement, mais qui usait de moi comme d'une fillette perdue l'inhumaine maîtresse d'un bordel ouvrier-paysan dans une cité disciplinaire...

– Une bête des sables, disais-tu, interroge Hugo.

– Au désert, oui, dit-elle, j'errais la nuit durant, surtout quand éclairait la lune, et vers le torride milieu du jour je me mettais en boule, comme un chat, et je dormais jusqu'à ce qu'ait diminué la pire ardeur et que je me sois éveillée. Mais dans ces sommeils recroquevillés le soleil me rechargeait comme un accumulateur électrique et mon âme y prenait un feu impérieux auquel, l'eussé-je voulu, je n'aurais pu désobéir. Alors j'arpentais à grands pas le désert, poussée par elle à chercher des affamés ou des malades, des malheureux, des malheureuses, que j'aurais pu soigner, aider, consoler, mais les sables toujours étaient vides, hormis des sortes de petites souris et de beaux serpents qui de celles-là faisant leur nourriture me semblaient n'avoir besoin de rien. Je traitais comme des êtres supérieurs les serpents qui en me voyant parfois se roulaient en cercles pour gonfler leur cou et hausser la tête, puis j'allais mon chemin après les avoir salués, ainsi, me semblait-il, qu'ils faisaient à mon adresse. J'aime les chats et les serpents, oui. Pour me nourrir, je me contentais des herbes sauvages qui croissent en quelques endroits, à l'ombre de quelque roche, comme à l'intention de celles et de ceux qui se sont retirés du monde des hommes, et j'étanchais ma soif à des sources rares ou bien à l'aurore je léchais la rosée déposée sur les pierres avant les premiers feux du soleil.

– Comme la bête que tu disais, sans doute. Mais quelle vérité y a-t-il dans ce que tu racontes? s'enquiert Hugo Arnold.

– Tout cela, dit Mériem, est peut-être sans rapport avec ce que toi et les tiens nommez la réalité. Laisse-moi t'enseigner que rien n'est entièrement vrai et que rien non plus n'est absolument faux, car vérité et fausseté sont notions de policiers et de magistrats. Ainsi, mort après mort et renaissance après naissance, l'imagination remplaçant la mémoire abolie, je pourrais être arrivée jusqu'à ce jour qui va finir dans quelques heures, sur le bord d'une île du fleuve Seine qui appartient à ma légende autant que les fleuves qui traversent le désert.

– Il n'est rien, ce soir, à quoi je ne puisse accepter de croire, dit Hugo. Mais est-ce ta légende ou simplement ton imagination que tu me proposes, inquiétante beauté qui n'a de lieu ni d'âge?

– Au point où nous en sommes, peu importe, dit-elle. Peut-être ne suis-je, parvenue à l'extrême vieillesse depuis la plus lointaine Antiquité, que cette Mériem Ben Atala, la putain Oulad Naïl qui fut aimée par Monsieur André Gide et Monsieur Pierre Louÿs, avant de n'être plus que la proie du rut bestial des soldats de votre armée d'Afrique, acharnés sur elle comme sur un cadavre chaud.

– Qui donc es-tu, fille du fleuve? dit-il.

– Qui es-tu, ô toi, si cc n'est moi? répond-elle.

Mais de celle qui a repoussé dans l'inexistence la figure de Miriam Gwen et qui pourtant lui ressemble beaucoup, le regard de Hugo Arnold se détache, explore, de tous côtés, les alentours. Des groupes se sont formés, sur la place du Pont-Neuf comme sur le quai Conti, qui semblent concentrer leur attention sur le bout du Vert-Galant, plus spécialement vers le saule pleureur, dont la retombée de feuillage ne laisse qu'entrevoir ce qui se passe autour du tronc. Si Mériem et lui avaient été plus prudents, pense-t-il, ils auraient pu s'apercevoir à temps que la sortie de la femme nue hors de l'eau avait été largement visible, et dès qu'elle s'était rhabillée ils auraient assurément mieux fait de s'éclipser pour aller converser sur l'autre rive, parmi les allants et venants du débarcadère. Maintenant, il est trop tard. Où qu'ils aillent, le public de la place au moins les suivra des yeux, guettera leur éventuelle remontée. Un bras au-dessus du parapet s'est tendu, qui porte une main dont un doigt désigne dans leur précaire abri une femme et un homme qui pourraient devenir des objets d'enquête.

– La population, Madame, dit Hugo avec un accent plus respectueux soudain, semble avoir pris connaissance de votre existence et de la mienne, qui pourtant me paraissaient douteuses autant l'une que l'autre. Mon portefeuille, tous mes papiers dits d'identité, ma montre suisse, ont disparu avec mes souliers et mon linge dans la confusion d'un foutoir exotique, sous une palmeraie à papillons tropicaux et à reptiles divers. Seul vestige de qui je fus, et que je ne veux pas redevenir, est la clé que voici, qui ouvrait la porte de mon petit logis dans une vieille demeure proche du Palais-Royal. Voyez ce que j'en fais :

Là-dessus, il la jette au fleuve, dans le sens du courant, comme il convient de faire pour définitivement se débarrasser de quelque chose, puis ajoute :

– Hugo Arnold, personnage obscur et dépourvu d'intérêt, qui vécut peut-être dans cette fin de siècle où l'homme inventa la bombe atomique et mit le pied sur la Lune, n'est plus, ne laissera aucune trace...

– Pas plus, dit-elle, que n'en aura laissé Mériem au cours de ces brèves apparitions à la surface de cette planète triste. Mais pour arriver à cela, je te le dis, tu devras avec plus que du courage ou de l'héroïsme défendre ton rejet d'une existence commune et ton anonymat, dans les heures et les jours qui vont venir. Je m'en sortirai, moi, d'une façon plus simple, que je t'interdis d'emprunter à ma suite, car tu n'es pas assez mûr pour cela.

– Je t'ai vue dans l'eau et je t'ai aidée à prendre pied sur le petit escalier au moment où le courant allait t'emporter, dit l'homme.

– Pas bien loin, dit-elle, avec un sourire qui passerait pour galant. Seul l'œil d'eau peut voir l'eau, cela encore a été écrit par les nôtres. Mais tu as jeté au fleuve la clé de ta vie d'homme. C'est bien. Tu seras le témoin que je désirais pour enfermer en lui la forme et la signification de mon acte, dont je souhaite qu'il porte les responsabilité.

– A la place de l'auteur de ce petit récit qu'il s'acharne à terminer, dit l'homme...

– Le Créateur est innocent selon le dogme et par définition, dit-elle, mais, si tu fais aux créatures stupides qui vont t'interroger le plaisir de répondre à toutes leurs questions par la seule affirmative, un simple « oui », sans donner sur toi d'autre détail que ton orgueil d'être le criminel inconnu, singulièrement celui du dernier crime, alors tu n'auras plus à te préoccuper de rien et tu obtiendras que ta vie soit à la charge de l'Etat. Dans cette sorte de salut, tu pourras te partager entre le sommeil et la pensée.

– Crois-tu vraiment? dit-il, et il regarde ses yeux qui lui avaient paru de la même couleur terre cuite que tout son corps et dont les iris brillent maintenant comme par des paillettes d'or.

– Sois tranquille, répond-elle. Où que tu sois, d'ailleurs, où que je sois moi-même, je serai avec toi, comme ton ombre ou ton reflet. Dans les miroirs, s'il s'en trouve à ta disposition, ou en fermant les yeux, tu me verras comme tu m'as vue dans le fleuve où je n'étais peut-être nue que pour me montrer à toi comme je me montrais au Roi Hérode.

– Dans le Jourdain, dit Hugo, dont au nom du beau-père de Salomé la pensée se détourne vers les rêveries de son jeune âge... Qui es-tu donc? Me le diras-tu, avant cet acte qui doit me mettre dans l'emprisonnement dur?

– Un Tombeau qui ne renferme point de Cadavre; un Cadavre qui n'est point renfermé dans un Tombeau; mais un Cadavre aussi qui est Tombeau à soi-même, répond-elle en accentuant fortement la première syllabe des noms, tandis que ses yeux deviennent comme des creusets d'or vif.

– La Pierre de Bologne, crie plutôt qu'il ne dit Hugo Arnold... La dernière partie de l'inscription, qui est en train de disparaître, selon ce dont je fus informé par un récent message de l'un des rares habitants de Bologne qui soit au courant de la Pierre... Ni homme, ni femme, ni hermaphrodite, ni fille, ni jeune, ni vieille, ni chaste, ni prostituée, ni pudique, mais tout cela ensemble, évidemment, c'est toi-même, nymphe de tous âges. Fais donc de toi, fais de moi, tout ce que tu voudras, tout ensemble comme tu en as décidé.

– Il est bien, dit-elle, que tu ne sois pas ignorant de l'énigme de la pierre, qui ne gardera de sens qu'en n'étant jamais résolue. Ne cherche donc à interpréter mes mots pas plus que mon acte, dont l'accomplissement va mettre ton existence en ce que les bonnes gens appellent communément « sûreté ». Là, tu te désintéresseras de toi, et quand tu auras perdu tout vestige de cette virilité qui t'a dirigé jusqu'ici, tu sauras mieux l'essentiel de toi-même.

C'est plus aisément dit que fait, cependant Hugo Arnold en aucune façon n'essaye d'intervenir dans les faits et gestes de la maîtresse de jeu, qu'il voit s'agenouiller devant le sac déposé au pied du tronc et mettre un long baiser sur son grossier tissu, puis plonger une main dans l'ouverture et en retirer un étui de cuir sombre, plus racorni qu'il n'est imaginable mais décoré d'une mosaïque de corail et de pierres vertes, petites émeraudes, sans doute, qui fixe l'attention de l'amateur de curiosités. Un manche d'ébène, sculpté d'une tête de bélier aux cornes en spirales, est ce que ses doigts empoignent, et sans notable effort elle fait jaillir de la gaine une longue lame d'acier brillant et bleu comme si elle était neuve, dont elle se sert, d'abord, pour trancher l'épaulette gauche de sa robe, rabattre le pan, découvrir largement son sein gauche et l'endroit de son cœur. Sacramentalement, dirait-on, alors, elle se penche au-dessus de l'eau du fleuve pour y baigner la lame, affilée aussi mince que les tendres feuilles du saule, après quoi elle vient vers Hugo qui s'était écarté un peu de la retombée des branches. Très calme, devant lui qui ne peut s'empêcher de s'agiter au contraire, elle lui montre son arme.

– Un acier de Tolède, trempé pour moi en votre XIe siècle, dans l'atelier de Yacoub ben Salomé, dit-elle, et elle ajoute, en faisant à la lame décrire sur elle un petit cercle d'où perlent quelques gouttes de sang :

– Centre et sommet de moi-même actuellement, ma fontaine de vie, mon soleil intérieur, voici ce cœur dont je vais abolir le mouvement devant toi en libérant mon âme, et puissé-je trouver la voie de mon identité dernière.

Alors elle place la pointe de la lame sur sa peau au centre exact du cercle, et entre deux côtes, par un geste brutal où elle a dû mettre toute cette force dont sont capables quelques femmes en de rares circonstances, elle enfonce la dague jusqu'aux cornes de la garde.

Avec un hoquet, elle vacille, va tomber, mais Hugo qui l'a saisie, la tient debout contre lui un moment, avant de la laisser aller doucement sur le sol et de retirer, plus lentement encore, le poignard de la blessure. Ce doit être par une sorte de respect pour elle et de confiance désespérée en ses mots qu'il ne pense pas un instant qu'elle n'est peut-être pas morte, que l'on pourrait la sauver encore, si on la soignait. Non. Elle est morte, il le sait profondément, et il garde l'arme en sa main tandis que le sang s'écoule sans précipitation de la blessure sur le sable du quai. Toutes choses, autour de lui, semblent entrées dans un temps de lenteur surnaturelle; il n'en va pas de même ailleurs, et déjà, de divers côtés, les voix du commun des hommes crient à l'assassin, des doigts qui accusent sont tendus vers lui. De ses dernières minutes de tranquillité il profite pour examiner le bel instrument de mort dont il a la possession provisoire. Celui-là, a-t-il tué déjà, en d'autres siècles? Il se dit qu'il est peu probable que non; sourit franchement à l'idée qu'il est au frond plus cruel qu'il n'aurait cru. Mais, c'est comme le déferlement des vagues de la marée qui monte, les premiers représentants de ce sentiment de justice qui fait, dit-on, la supériorité des hommes sur tous les êtres vivants arrivent, de plus en plus nombreux, se groupent autour de lui et du corps de Mériem, à une certaine distance cependant, intimidés peut-être par la proximité sanglante de l'arme du crime dans la main de l'homme.

Tous en chœur ils appellent : « La police avec nous, arrêtez l'assassin, prenez-le il est là, faites-le disparaître » et l'on pourrait remarquer que si les uns vocifèrent avec l'accent allemand, les autres auraient plutôt une pointe d'accent belge... Peut-être, se dit Hugo, sont-ils descendus d'un car de tourisme arrêté devant la statue du bon roi qui fut occis par le méchant Ravaillac, mais pourquoi, comme dans les manifestations populaires, gueulent-ils tous en hexamètres? « Faites-le disparaître », le dernier verset s'est imposé tant et si bien que cela devient une sorte de prière hurlée. Il serait temps, pense Hugo, que la police intervienne, ne serait-ce que pour changer le refrain.

Les cris, enfin, se taisent à peu près, il se fait des ondulations dans ce qui est devenu une foule pressée par les derniers arrivés entre le grillage du Vert-Galant et les bords des deux rives de la pointe de l'île, puis des casquettes, mêlées à quelques désuets képis, signalent l'entrée en scène des forces d'autorité, lesquelles écartent les spectateurs trop avancés au risque de les faire tomber dans la Seine. Quand tout le monde est à sa place, Hugo Arnold se voit poser les interrogations commandées par son rôle :

– Elle est morte, c'est toi l'assassin?

Double question à laquelle, pour ne trahir en rien la volonté de Mériem, il croit pouvoir répondre par un « oui » unique, ce qui paraît satisfaire le gros personnage d'autant plus qu'il s'est empressé d'ajouter à titre de politesse les mots « Monsieur le Brigadier », prononcés au hasard car jamais il n'a su ni voulu connaître la signification d'un galon ou d'un insigne. Théâtre encore, comme eût jugé Miriam, c'est probable, d'autant plus que le gros tire de sa poche un linge qui pourrait être un mouchoir et s'en sert pour retirer sans y toucher des mains qui le tiennent le sanglant poignard. A la question, non moins commandée par le rôle, qui suit : « Avec ça? » la réponse est un autre « oui », accompagné d'un bon sourire destiné à montrer que dans l'irréalité du moment il serait difficile de prendre les mots du langage au sérieux. L'indignation du public se manifeste alors par un concert de bisyllabes : « à mort » « à mort », répétés (ou chantés) sur tous les tons, que Hugo préfère prendre pour des applaudissements et accueillir par un souriant salut encore, qui fait redoubler le vacarme. Il pense que tout près au-dessus de lui, qui joue si bien son rôle, doit s'ébattre l'âme de Mériem entourée d'un chœur d'anges islamiques. En fermant les yeux, se dit-il, peut-être pourrait-il la voir. Il essaye, mais non, il ne voit rien, pense que l'entrée dans la mort est un acte important, qui doit absorber totalement le nouveau défunt, au début, et qu'elle se manifestera à lui plus tard, quand il aura trouvé une solitude. Rouvrant les yeux, il entend qu'on lui demande pourquoi il a commis ce crime. A quoi il ne répond que par un geste badin de la main, comme pour exprimer que c'était une chose naturelle, qui allait de soi, qui ne s'explique pas.

En vérité, il commence à douter du suicide de Mériem et à penser qu'il n'est après tout pas impossible que ce soit lui qui l'ait tuée.

Quelques témoins, que l'on interroge, déclarent qu'ils l'ont vu se livrer à l'acte homicide, et d'entre eux tous le plus affirmatif est le jeune mendiant qui feignait de dormir quand Hugo a mis dans la sébile posée à terre sa dernière pièce de monnaie. Comme beaucoup de débiles mentaux, il termine chaque phrase de sa déposition par l'adverbe « effectivement », ce qui semble contenter le gros brigadier et les autres acteurs de son goupe.

– On t'emmène, est-il signifié à Hugo Arnold. Donne tes mains.

Sans discuter Hugo les offre, mais c'est par-derrière qu'on les veut, pour les enfermer dans un instrument de métal brillant et froid, qui se referme sur l'une et sur l'autre avec un cliquetis. Les menottes, pour la première fois de sa vie, cela ne lui déplaît pas de les porter. N'est-ce pas une juste conclusion à l'aventure commencée au foutoir de la nommée Sarah Sand?

– Des assassins pareils, il n'en faut plus, Monsieur l'Officier, crie au gros comédien une espèce de Brabançonne joufflue... Faites-le disparaître !

– Il disparaîtra. Vous pouvez compter sur nous pour cela, Madame, répond l'enflé galamment.

7 novembre 1986.

DU MÊME AUTEUR

Aux Éditions Gallimard

DANS LES ANNÉES SORDIDES (1949).

L'ÂGE DE CRAIE, *suivi de* HEDERA (1961).

LA MOTOCYCLETTE (1963).

ASTYANAX, *précédé de* LES INCONGRUITÉS MONUMENTALES *et suivi de* CARTOLINES ET DÉDICACES (1964).

LE POINT OÙ J'EN SUIS, *suivi de* DALILA EXALTÉE *et de* LA NUIT L'AMOUR (1964).

PORTE DÉVERGONDÉE (1965).

LA MARGE (1967).

L'ÂGE DE CRAIE, *suivi de* DANS LES ANNÉES SORDIDES *et de* HEDERA (coll. Poésie, 1967).

RUISSEAU DES SOLITUDES, *suivi de* JACINTHES *et de* CHAPEAU-GAGA (1968).

TROISIÈME BELVÉDÈRE (1971).

MASCARETS (1971).

LE CADRAN LUNAIRE (1972).

ISABELLA MORRA (1974).

LE DÉSORDRE DE LA MÉMOIRE (1975).

SOUS LA LAME (1976).

LA NUIT SÉCULAIRE (1979).

L'IVRE ŒIL, *suivi de* CROISEUR NOIR *et de* PASSAGE DE L'ÉGYPTIENNE (1979).

L'ANGLAIS DÉCRIT DANS LE CHÂTEAU FERMÉ (1979).

ARSÈNE ET CLÉOPÂTRE (1981).

UN SATURNE GAI (1982).

LE DEUIL DES ROSES (1983).

Dans la collection L'Imaginaire

SOLEIL DES LOUPS (1979).

MARBRE OU LES MYSTÈRES D'ITALIE (1985).

Chez d'autres éditeurs

LE MUSÉE NOIR (Robert Laffont, 1946; Folio, 1974).

LES MASQUES DE LÉONOR FINI (La Parade, 1951).

SOLEIL DES LOUPS (Robert Laffont, 1951).

MARBRES (Robert Laffont, 1953).

LE LIS DE MER (Robert Laffont, 1956; Folio, 1972).

LES MONSTRES DE BOMARZO (Grasset, 1957).

LE CADRAN LUNAIRE (Robert Laffont, 1958).

LE BELVÉDÈRE (Grasset, 1958).

FEU DE BRAISE (Grasset, 1959).

SUGAÏ (Le Musée de Poche. G. Fall, 1960).

DEUXIÈME BELVÉDÈRE (Grasset, 1962).

SABINE (Mercure de France, 1963).

LARMES DE GÉNÉRAUX, *lithographies de Baj* (Herman Igell, Stockholm, 1965).

CRITIQUETTES, *eaux-fortes de Bona* (Fata Morgana, Montpellier, 1967).

JACINTHES, *eaux-fortes de Bonnier* (O.L.V., 1967).

LE MARRONNIER (Mercure de France, 1968).

BONA L'AMOUR ET LA PEINTURE (Albert Skira, Genève, 1971).

LA NUIT DE MIL NEUF CENT QUATORZE (L'Herne, 1971).

CROISEUR NOIR, *eaux-fortes de Lam* (O.L.V., 1972).

CHAGALL (Maeght, 1975).

PARAPAPILLONNERIES, *lithographies de Meret Oppenheim* (M. Cassé, 1976).

ARCIMBOLDO LE MERVEILLEUX (Robert Laffont, 1977).

LE TRÉSOR CRUEL DE HANS BELLMER (Éd. Le Sphinx, 1979).

CRACHEFEU, *eaux-fortes de Carlo Guarienti* (Nouveau Cercle Parisien du livre, 1980).

MIRANDA, *eaux-fortes de Miró* (R.L.D., 1979).

DES COBRAS À PARIS (Fata Morgana, Montpellier, 1982).

SEPT JARDINS FANTASTIQUES, *eaux-fortes de Yamashita* (Éd. Muleta, Tokyo, 1983).

AIMER MICHAUX (Fata Morgana, Montpellier, 1983).

CUEVAS BLUES (Fata Morgana, Montpellier, 1986).

PASSAGE DE L'ÉGYPTIENNE, *eaux-fortes de Miró* (R.L.D., 1987).

ÉCRITURE INEFFABLE (Fata Morgana, Montpellier, 1988).

Traductions

LA FEMME DE GOGOL, de Tommaso Landolfi, et *autres récits traduits de l'italien par Bernard Noël, Viviana Pâques et Louise Servicen* (Gallimard, 1969).

LA FILLE DE RAPPACCINI, d'Octavio Paz, *traduit de l'espagnol* (Mercure de France, 1972).

LE VENT PARMI LES ROSEAUX, de W.B. Yeats, *traduit de l'anglais, eaux-fortes de Miró* (O.L.V., 1972).

LA PETITE BASSARIDE, de F. de Pisis, *traduit de l'italien* (L'Herne, 1972).

MADAME DE SADE, de Yukio Mishima, *traduit du japonais* (Gallimard, 1976).

ONZE PLUS UN POÈMES, de F. de Pisis, *traduit de l'italien* (Fata Morgana, Montpellier, 1983).

LE VENT PARMI LES ROSEAUX, de W.B. Yeats, édition augmentée, *traduit de l'anglais* (Fata Morgana, Montpellier, 1984).

L'ARBRE DES TROPIQUES, de Yukio Mishima, *traduit du japonais* (Gallimard, 1984).

Impression Brodard et Taupin
à La Flèche (Sarthe),
le 21 avril 1989.
Dépôt légal : avril 1989.
Numéro d'imprimeur : 6410A-5.
ISBN 2-07-038158-7 / Imprimé en France.

45818